庫

総員起シ

吉村昭

文藝春秋

目次

総員起シ

海の柩

一

村落の者たちは、なにが起ったのか知らない。ただ、手のない無数の水死体が、岩だらけの海岸に、大きな魚の死骸のように漂着したのを見ただけなのだ。

村落の背後には、北海道の巨大な背骨にも似た日高山脈が迫っている。岩肌を露出させた支脈が、荒々しく村落を刺しつらぬいて海にせり出し、鋭い先端をもつ岬を形づくっている。板ぶきの家々は、海岸線に沿って軒をつらね、背後の岩山に海へ押し落されまいとしがみついているようにみえる。

そんな小さな村落にも、一カ月ほど前、艦砲弾が二発落下した。数日つづいた雪がやんだ日で、村落は、まばゆい雪の輝きにつつまれていた。

正午を少しすぎた頃、凪《な》いだ沖の海面に艦影が浮上した。浜で海草をひろっていた女や老人たちは、北辺警備の日本の潜水艦だと思った。が、その直後、空気を引き裂くような音が空を圧し、岩礁ののぞく海面に大きな水柱が上った。つづいて飛来した砲弾は、村落の裏手にある水成岩の丘の中腹に炸裂、爆風と震動で家々の屋根をおおっていた雪がすべり落ちた。

潜水艦は、そのまま海上にとどまっていたが、やがて、静かに動き出すと岬のかげに消えていった。

村落の者が、隣村の役場に走った。二発の艦砲弾の落下は、村落が危険にさらされている不安を村落の者たちにあたえた。が、その日の夕方、調査にきた陸軍の将校の一言によって、かれらの興奮は萎えた。将校は、

「なにを勘ちがいして、こんな所を砲撃したんだろう」

と、侘しい村落の家並を見まわしながら苦笑した。

熱心に説明していた村落の者たちは、拍子ぬけしたように口をつぐんだ。艦砲射撃は、アメリカ潜水艦乗員のなにかの気まぐれか錯覚であって、村落には砲撃を受けるに価するもののないことにあらためて気づいたのだ。

かれらは、弱々しげな眼をして、黙って海をながめていた。

村落に、働きざかりの男はいなかった。戦争のはじまった頃には、海岸沿いの村道に出征兵士を送る旗の列がみられ、それは、国鉄の通る隣村へ通じる峠を越えていった。が、いつの間にか旗の列もみられなくなり、多くの若い男や妻子のある男たちが、家族たちの見送りを受けるだけで村落から次々に消えていった。

漁船の大半は、浜に引き上げられたままになっていた。老いた漁師は残っていたが、エンジンを動かす油も不足がちで、船を出すことは稀であった。

村落の前面の海は、豊かな魚介類に恵まれていた。鮭、鱒《ます》、鰊《にしん》、鱈《たら》等が群泳し、岩礁の多い海底には、たこ、かれい、蝦《えび》、毛蟹《けがに》などが棲息していたので、漁獲を求めて内地からの漁船も集った。が、それも戦争がはじまってからは絶え、海はそのまま放置されている。

網の入れられることも少くなった海には、魚が群れていた。時折り乏しい油を使って漁師が海に出ると、船が沈みそうになるほど魚を満載してもどってくる。浜は、その時だけ活気にあふれ、家々から魚を焼く煙が立ちのぼった。が、潜水艦による艦砲射撃があってから、漁師たちは船を出すことをためらうようになった。沿岸の他の村落からは艦載機の飛来も伝えられ、村落の前面にひろがる海が、戦場の一つと化していることを知るようになったのだ。

漁師たちは、岸から近い海面に小舟を出して魚を釣り、女や老人は、磯づたいに昆布やふのりを拾ったりして日々をすごしていた。そうした森閑《しんかん》とした村落にとって、死体の群れは人々を驚かせるのに十分だった。

その日は、朝からの霙《みぞれ》で、浜に人の姿はなく、海上には濃いガスがよどんでいた。初めに海面を漂い流れてくる物を発見したのは、隣村の分教場から土曜日の授業を早目に終えてもどってきた子供たちだった。かれらは、茶褐色の漂流物を眼にとめて海岸に下りた。大きな魚の死骸のようでもあり、木材のようにもみえた。が、やがて、ゆるやかに起伏する海面を上下して近づいてくるものが、突っ伏した人間の体らしいことに気づいた。

かれらは顔色を変え、近くの漁師の家に駈けこんだ。

浜に出た老漁師は、子供たちの言葉が事実であることを知った。しかも、その後方に同じような茶褐色の衣服をつけた水死体が海岸に近づいてくるのも眼にした。

半鐘がたたかれ、人々は、霙の中を浜に走った。

かれらは、眼前の光景に身をすくませた。漂流物は二個だけではなかった。濃いガスの中から淡くにじんだ茶褐色のものが、後を追うように次々と現われてくる。たちまち岸に近い海面には、二十体ほどの同色の水死体がひろがった。

「難破だ」

かれらの中から、声がもれた。

村落には、数多くの前歴があった。

……千島列島の東側を南下する寒流は、根室半島から釧路沖をへて北海道南端の突出部襟裳《えりも》岬をかすめると、本州の太平洋沿岸へむかう。その潮流は、襟裳岬のかげの両岸によどみをつくって、漂流物を憩《いこ》わせる。

村落の前面の海は岩礁も多いためか、その現象がいちじるしく、難破船の遺体や流木の漂着が多い。昭和初期には、ロシヤの貨物船が荒天で沈没し、船員の水死体が五十二体打ち上げられたこともある。そのため百人浜という別称も生まれたほどで、その後もしばしば水死体の漂着がみられた。

そうした地理的条件が、茶褐色の水死体を村落の海岸に近づけたのだろうが、その数は余りにも多い。ガスの中からは絶え間なく茶褐色のものが湧き、解けかけた筏《いかだ》も姿をあらわした。

水死体は、さまざまな点で、通常の漂着死体と異なっていた。

それまで村落の扱ってきた死体は、例外なくかなりの日数を経た腐爛したものばかりで、波にもまれ岩礁にたたきつけられて、衣服ははぎとられていたりボロのように切り裂かれたりしていた。が、ガスの中から湧き出てくる死体は、腐敗ガスで膨張している様子もなく、衣服もそこなわれている気配はない。新しい水死体ならば海中に沈むはずなのに、それらは、確実に浮いて流れてくる。それにぞくぞくと姿をあらわす死体が、すべて同色の衣服をまとっていることも奇妙だった。

漁師の一人が、おびえながらも小舟を出し、鉤《かぎ》のついた竿で水死体を海岸に曳いてきた。

磯に引き上げられたのは、防寒服と防寒帽に身をつつんだ兵士の死体だった。足にはゲートルを巻き、体には救命胴着がはりついていた。

人々は、あらためて海面をおおう茶褐色の漂流物に眼を向けた。それらは、すべて防寒装備をした兵士たちの水死体で、救命胴着をつけているため浮んで流れていることに気づいた。

玉砕した北海の孤島から流れてきたのだ、と、或る老人は祈るような眼でつぶやいた。北方の島々では、多くの将兵が訣別電文を発しては、最後の総突撃をおこない全滅している。海に追い落され殺された兵士たちの体が、寒流に乗って漂流することもあり得ないことではない。死体は、集団をくんで肉親や妻や子のいる日本を目ざす。ガスの中から兵士たちの水死体が淡くにじみながら姿をあらわしてくる光景は、たしかに、老人の口にするような神秘的な想像もさせた。

しかし、兵士たちの身につけた救命胴着は、水死の原因が他にあることを語っているように思えた。

人々の胸に、一カ月ほど前、沖合に浮上したアメリカの潜水艦の艦影がよみがえった。砲弾を二発発射した後、潜航もせず静かに岬のかげへかくれていった。それは、潜水艦が、海を自らの海として自在に動きまわっていることをしめしている。

沖の海上を兵士を満載した輸送船が通り、その船腹に、アメリカの潜水艦が魚雷を発射したのではないだろうか。兵士たちは、沈む船上から救命胴着をつけて海に飛びこんだ。春の季節に入っているとは言え、依然として雪の舞う海は冷えきっていて、たちまち兵士たちの体を凍らせ、死体と化したのではあるまいか。

磯に上げられた兵士の体は、彫像のように手足を突っぱらし硬直していた。それは、死亡してから余り時間が経過していないことをしめしていた。

人々の顔からは、死体に対する恐れの色が消えていた。水死体は単なる死体ではなく、兵士たちの遺体なのだ。人々の胸に戦時下の国民としての義務感が、頭をもたげた。神聖な遺体を放置しておくわけにはいかないという意識が、かれらをとらえた。

役場から軍に報告してもらうために、老人のひとりが隣村に走った。また、村落の船をすべて出して水死体を浜に安置させようと、多くの男たちが浜に散った。

小舟についで、焼玉エンジンの漁船も海上に出て、漂流死体の引き上げがはじまった。が、海上で死体に鉤竿をかける者も、浜辺でその作業を見守る老人や女たちの顔にも、虚脱しきったような激しい驚きの表情がひろがっていた。

海面には、鮭の群れるように水死体が充満していた。所々に二、三十体の集団的に寄りかたまった遺体の群れも浮んでいる。しかも、海上一帯をおおう濃いガスの中からは、果しなく茶褐色の色彩が湧き出ている。それは、大魚の群れが海岸に押し寄せてくるのに似ていた。

多くの船がその中を往き来し、船上から竹竿がしきりにふるわれた。そして、浜に曳かれてきた遺体は、老人や女たちの手で引き上げられ、戸板にのせられて、霙の中を海岸沿いの家々の中に運びこまれてゆく。人々の口から掛け声はもれなかったが、海上と浜辺には、大漁時でもあるかのようなあわただしい光景がくりひろげられた。

遺体は、近くの家々に満ちると、徐々に遠くの家へも運びこまれていった。が、海上に浮ぶ水死体の数は減少するどころか、むしろ増加する一方だった。船の動きも思うようにはならず、水死体にかこまれて立往生している小舟もあった。

海上で鉤竿を動かす者にも、浜で死体を運ぶ者にも、疲労の色が目立ってきた。殊に老人や女は、戸板を何度もおろしては、喘《あえ》ぎながら死体を運んでいた。

その頃、かれらの顔に、いぶかしそうな表情が濃く浮び出るようになった。死体を収容しはじめてから、かれらは妙なことに気づきはじめていた。腕のない死体がかなり混っているのだ。

手首の欠けているものもあれば、上膊部から失われているものもある。海水に洗われて血はにじみ出ていなかったが、鋭利なもので断ち切られたように断面は平らだった。中には片腕がない上に、顔面に深々と裂傷の刻まれているものもある。船から海中にとびこんだ折に出来た傷かとも思えたが、死体の半ば以上が腕を切り落されていることは異様だった。

手首から先のない兵士の腕は、布につつまれた太い棒のように見えた。それは、硬直して海面上に突き出されていた。

霙が雪に変り、暮色がひろがりはじめた。が、船は海面を動き、戸板は、死体をのせて浜と人家の間を往復していた。

峠に、点状の光が湧いた。それはたちまち長い列となって道を下ってきた。村長を先頭に、女もまじえた隣村の者たちであった。

かれらは、浜に焚かれた火のまわりに近寄ってきた。そして、水死体の浮ぶ海にむかって合掌すると、村落の者たちの説明をきき、遺体収容について打合わせた。海が闇にとざされはじめていたので、作業は翌朝、再開することとなり、浜の数カ所に火を焚いて漂流死体を見守ることに定められた。

村落の者たちは、隣村の村長たちとともに遺体の調査にとりかかった。

家々では遺体を部屋に上げ、軍服をぬがせてふとんに横たえた。浜に近い家々には十体近くの遺体が運びこまれ、部屋は遺体で足のふみ場もなくなっていた。

村落には、線香の匂いがみちた。人々は、巡礼のように、互いに他の家々に入りこんで合掌して歩きまわった。

収容した遺体の数は、百八十二体であった。隣村の者は、その数の多さに驚きの色をあらわにした。

「まだまだ沢山海に浮んでいる。上げきれぬほど浮んでいる。暗くさえなければ上げてやりたいんだが……。冷たかろうに、冷たかろうに」

老いた漁師が、眼をうるませた。

腕のない死体の多いことが、かれらの関心をひいた。船から投げ出された折、なにかの拍子で腕を切り落されたのだろうという者が多かったが、老人たちの中には非現実的なことを口にする者もいた。

これほどの数の兵士の遺体が、村落にむらがるように漂流してきたのは、たとえ漂着の可能性の高い地理的条件であると言っても尋常のこととは思えない。しかも、腕のない死体が半ば以上を占めていることは、なにか重要な意味が秘められているのではないだろうか、という。

北方の島々で腕に傷を負い死亡した兵士たちの体が寄り集り、さらに他の兵士の死体と合流して寒流に身をゆだねた。かれらは、大集団となって故国の土を慕《した》って流れつづけ、ようやく村落の浜にたどりつくことができたのではないだろうか。

かれらにとって、村落の浜は故国を象徴する地であり、霊は、村落で漂流の疲れをいやしてから妻や子や肉親の待つ郷里へとむかう。

村落には、魂《たま》帰りの信仰がある。アイヌ伝説から発したものだが、霊は沖からもどってきて磯に上る。命日に、村落の者たちは、磯に線香を立ててそれらを迎えるのだ。

兵士たちの魂帰りだという老人たちの言葉に、若い女や隣村の者たちは口をつぐんでいた。現実にはあり得ないことではあったが、老人たちの言葉は死者に対する敬虔《けいけん》な祈りの一表現に思えた。

遺体の中に、将校の死体はまじっていなかった。下士官の死体はあったが、襟章の大半は星三つ以下で、ほとんどが一つ星であった。指揮者のいない兵士の群れ。死顔から察すると若い兵士はいず、すべてが三十代の者ばかりで、中には頭髪にかなりの白毛がまじっている兵士もいた。

降雪が、村落をつつんだ。遺体を収容した家々には、深夜になっても人の出入りが絶えず、村落全体に、通夜をおこなっているようなしめやかな空気がひろがっていた。

雪は激しさを増し、夜半になると日高山脈から吹きおろす風が雪を吹き散らした。その度に、浜で焚かれる炎が音を立ててはためき、火の粉が舞った。

夜明け近くに、雪は小降りになった。

人々は、浜に集ってきた。かれらは、身をかたくして磯の光景に眼をみはった。干潮時で所々岩礁の露出した海面には、遺体がひしめいていた。後方から押し上げられたらしく、波打ち際にも数十体の遺体が一列になって横たわっていた。それらは雪におおわれ、白い腹をさらした魚の死骸の群れのようにみえた。

人々は、無言で作業をはじめた。浜に打ち上げられた遺体の雪をとりのぞき、戸板にのせた。前日の遺体とは異なって硬直がとけ、戸板ではこぶ途中、頭がわずかに揺れたりした。

作業は、隣村の者もくわわって手際よく進められた。浜に打ち上げられた遺体を収容しつくすと、浜から鉤竿をのばして岸に近い死体を引き上げた。遺体の階級章が記録され、傷の有無もしらべられた。

その日の遺体も下士官と兵のものばかりで、前日の死体と同じように腕のないものが多く、肩や顔に傷のあるものもあった。

雪はやんで、明るい陽がさしてきた。波はおだやかで、海上の作業もはかどった。

正午近くに、峠からカーキ色のトラックが下ってきた。そして、浜の近くに停車すると、助手台から四十歳を過ぎたと思われる中尉と憲兵の腕章をつけた曹長が下車し、後部荷台の幌《ほろ》の中から、十名ほどの銃をもった兵が姿をあらわした。

中尉が先になって、浜に下りてきた。かれらは、海上にひしめく遺体の群れに呆《あっ》気《け》にとられたように立ちすくんだ。餌をもとめて集る鯉の群れのように、水死体が海面をうずめている。沖から流れてくる死体は数少くなってはいたが、それでも、木材などの浮遊物にまじって、茶褐色の水死体の近づいているのがみえた。

村落の重だった者と隣村の村長が中尉に近づき、遺体発見時の状況と収容遺体の数を報告した。中尉は、うつろな眼をして、無言のままうなずいているだけであった。

兵たちは浜での作業を手伝い、中尉と憲兵は人家に収容された遺体を巡視した。中尉は、暗い眼で遺体を見つめて歩いた。

かれの顔からは虚脱した表情が消え、次第に不機嫌そうな色が濃く浮び出るようになっていた。多くの兵の遺体が一般人の眼にさらされていることは、軍の威信にかかわる好ましくないことのように思いはじめているらしかった。つまり、村落の者たちが懇《ねんご》ろに遺体を引き上げ収容していることが、逆にかれを苛立たせているようにみえた。

一軒の人家に入ったかれは、軍服を脱がされた遺体がふとんに横たえられているのを眼にして、堪えきれぬように荒い言葉を吐いた。

「軍服をぬがす奴があるか。英霊に手をつけるな。服の名札や所持品で、氏名を確認するのだ。軍服をぬがしては、わからなくなるではないか。軍服と所持品を遺体別に保管してあるのか」

中尉は、家の者や案内する村落の代表者たちに険しい眼を向けた。

家の者は身をすくませ、枕もとにたたまれた軍服と軍帽をみせた。

「勝手なことはするな。すぐに軍服を着させろ。所持品をとったりすると、軍法会議だぞ」

中尉は、唇をふるわせて言った。

案内の者たちは、顔色を変えた。村落の家々では、濡れた軍服をぬがし、ルンペンストーブで乾かしている。裸にした遺体に寝巻をかけ、ふとんの中に横たえている家も多い。そうした遺体に対する扱いが非難されたことに、かれらは狼狽した。

かれらは、おびえきった眼で互いに顔を見合わせた。他の家に行って再び裸身にした遺体をみれば、中尉の憤りはさらにつのるだろう。

代表者の一人が、歩き出した中尉におずおずと声をかけ、遺体の衣服が濡れていたので、どの家でも気の毒に思い、ぬがして乾かしていることを告げた。所持品などは、むろん手をふれる者はなく、ただ遺体を出来るだけ丁重に扱おうという善意が、このような結果を生んだのだ、と口ごもりながら説明した。

中尉は、顔をしかめていたが、

「お前らの気持はわからぬでもない。が、兵たちの軍服をぬがしてしまっては、氏名確認ができないのだ。もしも、氏名をまちがいでもしたら、英霊の遺族に申訳が立つまい。どこの家でもそのようなことをしておるなら、即刻、軍服を着させるようにせよ。服をまちがいなく着させるのだ」

と言い、憲兵曹長とともに背を向けると、遺体引き上げでにぎわう浜の方へ足早にもどっていった。

村落の代表者たちは、四方に散って中尉の言葉をつたえて歩いた。遺体を収容していた家々では、あわただしい混乱が起った。ふとんをはぎ、裸身の遺体に下着をつけ、軍服を着せる。硬直がゆるんではいたが、遺体に衣服をつけさせるのは困難な仕事だった。

新たに遺体の運びこまれた家々にも、同じような報せがとんだ。すでに軍服を乾かしはじめている家も多く、老人や女たちは、遺体をかかえて衣服をつけさせるのに専念した。

村落は、遺体でうずまった。どの家をのぞいても、防寒具をつけた兵の体が横たわっている。濡れたまま畳の上に仰向けにされている遺体も多かった。

日が没し、作業は中止された。中尉の指示で、敵潜水艦に望見されることを防ぐため、浜での焚火は禁じられた。その日の死体収容数は三百十四体で、前日のものと合計すると四百九十六体であった。

その夜、村落の重だったものと隣村の村長が、中尉に呼ばれた。

中尉は、膝をすり合わせるようにして坐った者たちに、作業の労を謝した。軍服を脱がせたことは遺憾だが、それも村人の英霊に対する敬虔な態度のあらわれだと解する、とおだやかな口調で言った。

正坐している者たちは、頭を下げた。かれらの顔に、安堵《あんど》の色がひろがった。が、再び口をひらいた中尉のきびしい表情に、かれらは顔をこわばらせた。

中尉は、押し殺したような声で言った。軍隊の行動は、絶えず敵の諜報機関にねらわれている。多くの兵が水死したことは、軍の極秘事項として扱われる。今後、村落の者は、多くの遺体を眼にし収容したことを、他の村落の者に絶対に洩らしてはならない。もしも、それに違反した者は、女、子供の区別なく軍法会議にかけて極刑に処する。また村落内でも、今後、住民同士水死した兵のことについて言葉を交すことを一切禁ずる。これも、防諜上の配慮からである。尚、隣村の者たちは、明朝、村落を出発し、村へ帰ってもらう。ただし、村に帰着後、この村落で眼にし耳にしたことを他言することは許さない。隣村からそのような噂《うわさ》が流れた場合には、遺体収容作業に協力しただれかが口をすべらせたと解釈し、徹底的に調査した上、違反者を軍法会議にかける。……以上のことを他の者たちにつたえ、互いに違反者のないよう責任をもって指導せよ、といった趣旨であった。

村落の者たちも隣村の者たちも、顔を青ざめさせた。兵士の水死体が、群れをなして漂い流れてきたことは、村落にとって一種の名誉とも思えた。村落の者たちは、貴重なものを扱うように遺体を引き上げ、家々に運び入れた。銃をとることのないかれらは、国に奉仕する得難い機会だと判断して、村落総出で兵士の遺体収容につとめた。

中尉は、その労を謝すとは言った。が、同時に一つのきびしい戒律も課した。村落の者たちは、自分たちが犯罪者の集団でもあるかのように、監視される身となったことを知った。

中尉の傍には、憲兵の腕章をつけた長身の曹長が立っていた。かれは、一言も口をきくことはしなかった。が、頬骨の突き出た顔に光る酷薄そうな眼に、村落の者たちは畏怖を感じた。

かれらは、雪道に出ると、立ったまま打合わせをした。隣村の者たちは身仕度をして、翌朝、早く村落を出てゆくことになり、村落では、その夜のうちに各所で分会をひらく手筈をきめた。

村落の代表者たちは、足早に自分の地区にもどり、各戸から人々を招き寄せた。遺体収容作業が美挙として広く顕彰される、とひそかに思っていた村落の者たちは、地区の責任者の話に呆然とし、軍法会議、極刑という言葉におびえた。そして、顔を青ざめさせ、互いにかたい沈黙を守ることを誓い合った。

気づかわれたのは、隣村の分教場に通う中・小学校の生徒たちだった。幸い、その日は日曜日で、子供たちも遺体の引き上げ作業に協力していたが、翌日からの通学で、遺体のことを隣村の子供たちに洩らす可能性は十分にあった。が、村落から罪人を出さぬためには、かれらに沈黙を守ることを徹底させねばならなかった。子供たちには、親から言いきかすことになり、かれらは、顔をこわばらせて夜道を散っていった。

翌朝、まだ薄暗いうちに、隣村の者たちが村落を出発していった。かれらは、ふり返ることもせず峠から姿を消した。

遺体収容作業は、その日も朝早くからはじめられた。前日と異なって、村落の者たちは私語を交すこともなく、黙々と作業をつづけていた。かれらの表情は暗く、遺体に対してもなんの感慨もいだいていないようだった。

正午近くになると、海面に遺体は絶えた。収容した遺体は、九十一体であった。村落の者たちは、浜にしゃがみこみ、うつろな眼で寒々とした海面をながめていた。

かれらが家々に散った頃、海岸沿いに曳船にひかれた二隻の団平船が、村落に近づいてきた。一隻の団平船には多くの兵が乗り、他の団平船には木材が盛り上るように積まれていた。団平船から兵が降り、木材が浜におろされた。遺体を焼くために派遣されてきた兵たちであった。

村落から出る死者は土葬される習慣であったので、火葬場はなかった。が、もしあったとしても、五百八十七体という多くの遺体を焼くことはできるはずもなかった。

船から下りた大尉と村落にとどまっていた中尉が打合わせをし、村落の者の案内で適当な場所をさぐって歩いた。その結果、村落のはずれの河原が火葬場と定められた。

五十名ほどの兵たちは二隊に分けられ、一隊は木材を河原に運び、他の一隊は遺体の処理にあたった。そして、村落からも住民多数が作業に協力することになった。

家々から、遺体が運び出された。すでに死臭を放つものも多く、兵や住民たちは顔をしかめて村道を進んだ。

河原の所々に木材が井桁《いげた》に組まれ、遺体がその上にのせられた。重油がまかれると火が点じられた。

村落は、作業でにぎわった。腐敗のすすむのをふせぐため、遺体は河原に近い場所にならべられ、その上から雪がかぶせられた。遺体をはこぶ兵や住民の列が、道を往き来した。

日没がやってきて、作業は中止され、兵たちは遺体の運び出された家々に分宿した。遺体の搬出は百体ほどで、焼骨されたのは十数体にすぎなかった。

焼骨がはかどらないので、翌日には、新たに浜に十個所ほど木材が組まれ火がおこった。また、補充の木材を満載した団平船二隻も到着して、浜一帯に炎がゆらいだ。

遺体の腐敗は急速に進み、村落には死臭が満ちた。遺体が運び出されずに残っている家の者たちは、その臭いにたえきれず、他の家に移った。村落の者たちは、うつろな眼をしていた。かれらは、昼間の労働の疲れをいやすひまもなく、夜も、分宿している兵たちの世話にかかりきりであった。気温がゆるんで、霙まじりの雨が降った。

焼かれた骨は壺に入れられ、白木の箱におさめられて人家に運びこまれた。遺体を焼く火は連日おこり、死臭をふくんだ煙が村落をおおった。村落そのものが、大火葬場と化した観があった。

作業をはじめてから半月後に、漸く焼骨は終った。

その日の翌朝、団平船が三隻浜につき、村落の者たちは、兵たちと白木の箱を船に運び入れた。白木の箱が船にもり上った。兵たちはその上にシートをかぶせると、船に乗って去っていった。

村落には、作業の跡がそのまま残されていた。浜や河原には材木の燃え屑がひろがり、石も焼けて黒ずんでいる。重油のドラム缶が散乱し、河原の樹木も焼けこげていた。村落の者たちは、無表情に残骸をながめるだけで片づけることもしなかった。

村落の背後にせまる山脈に雪どけがはじまり、川の水量が増した。土砂をふくんだ水が押し出され、海は薄茶色に濁った。

村落には、かたい沈黙がひろがった。かれらは、兵士の漂着死体のことだけではなく、日常の会話も忘れてしまったように口をつぐんでいた。ただ、時折り、かれらの眼に釈然としない曖昧《あいまい》な光がかすめ過ぎることがあった。あのおびただしい兵士の水死体は、いったいどこからやってきたのだろう。

村落の沖を流れる潮流は、襟裳岬方向からやってきている。水死体は、その潮にのってぞくぞくと村落の浜に押し寄せてきた。死体の新しさから考えてみても、それほど遠い距離ではないだろう。かれらは、東南方の海面をいぶかしそうに見つめていた。

そうした中で、或る家の者たちだけは、兵士の水死体がどこからやってきたかを知っていた。

遺体が海面からすべて引き上げられた日、一人の女が、嬰児《えいじ》を抱いて村落に入ってきた。女は、その家の次女で、他の町に嫁し、初産の子を実家の親に見せるためもどってきたのだ。

村落にくる途中、女は、或る漁村で防寒具や軍服が家々の軒先に数多く干されているのを眼にした。漁村の空気はなんとなく騒然としていて、道を将校や兵が往き来する姿もみえた。

女は、ふと、沖合に海面から斜めに船のマストが突き出ているのに気づき、

「なにかあったのですか」

と、通行人にたずねた。が、村人は返事もせずに去っていったという。

女から話をきいた家族は、水死体の群れが、その漁村の沖合から流れてきたことに気づいた。そこは、村落の沖に流れてくる潮流の上手に位置し、距離は村落から三〇キロほどへだたっていた。

一斉に草木の芽がふき出した頃、腐爛死体が一個、浜の岩礁に漂着した。下半身は衣服もはがれていたが、防寒具は着ていた。

村落の代表者が、遠く軍の駐屯地におもむき、下士官と兵が二人、汽車に乗ってやってきた。かれらは、浜で遺体を焼いて骨を拾い集めると、骨壺を布でつつんで去った。

それを最後に、村落は、兵士たちの水死体から解き放された。

二

兵士たちの水死体が潮流にのって流れはじめたのは、女の家族が推定したように、

村落から三〇キロはなれた漁村の沖合約二・五キロの海面からだった。多数の将兵をのせた輸送船が、アメリカ潜水艦の雷撃を受けて沈没したのである。

その漁村の人々は、沖合からの魚雷の炸裂音を耳にしなかった。それは、風向の作用によるもので、かれらと輸送船沈没事故との接触は、数人の者が、霙の降る夜明けに近い頃、一隻の上陸用舟艇を眼にした時からはじまった。

かれらは、海上に濃くたちこめたガスの中から、突然、平たい大型の鉄製の舟艇が姿をあらわすのを見た。船は、村をよぎる国鉄の踏切に近い浜に船底をのし上げ、中から十名ほどの防寒帽をかぶった軍装の男たちが岸に上った。そして、一個所に寄りかたまって、村の方をひそかにうかがっていた。

かれらを家の中から見守っていた村人たちに、一瞬ひらめくものがあった。すでに沖縄の島々にはアメリカ軍が上陸し、激しい戦闘がくりひろげられている。アメリカ軍の進攻は速まり、本土決戦も時間的な問題になっている。アメリカ軍の上陸地点は、九州か四国か関東地方か、または北方からの侵蝕をはかって北海道か、といわれている。海を前面にひかえた村でも、敵の上陸用舟艇が殺到するのではないか、という不安が日増しに強まってきていた。そうした折に、ガスのたちこめる暗い海上から人目を避けるように姿をあらわした上陸用舟艇は、決して日本軍のものとは思えなかった。

人々の間に恐怖がひろまり、それは、各戸に波紋のようにつたわっていった。かれらは、家をぬけ出すと、身をひそませて村の裏山に走り出した。が、その中の一団は、村道を歩いてくる防寒帽の男たちと出合ってしまった。

「待て」

軍装の男たちの中から、声がもれた。

村人たちは、すくんだように足をとめ、近づいてくる男たちに眼を向けた。それは、陸軍少尉の襟章をつけた将校と下士官二名だった。

少尉は、かれらの前に立つと、沖で船が沈没したので、海上に漁船を出し遭難者を救助して欲しい、と言った。

村人たちの顔に、安堵の色がひろがった。かれらは、上陸用舟艇が助けを求めて村にやってきたのだ、ということを知ったのだ。

物陰にかくれていた村人たちが、少尉のまわりに集ってきた。

村には、出漁可能のエンジンつきの漁船が三隻しかない。働きざかりの漁師は出征し、その上、燃料も乏しくなっていて、老漁師のあやつる漁船が時折り沖に出てゆくだけだった。

救助は急を要するので、村人たちは、漁業組合長の家へ少尉たちを案内した。

組合長は、消化不良でふとんに横たわっていたが、妻に起されて家の外へ出てきた。

少尉は、輸送船が敵潜水艦の雷撃をうけて沈没した、と言った。沈没原因を初めて耳にした村人たちは、互いに顔を見合わせた。

敵の潜水艦が行動している噂はきいていたが、現実に村の前面の海を魚雷の航跡が走ったということに、かれらは恐怖を感じた。

組合長も顔色を変え、船を何隻ぐらい出したらいいでしょうか、ときいた。三隻の漁船以外に機関士免状をもつ二名の村民を動員すれば、さらに二隻の船を出すこともできる。が、少尉は、

「二、三隻でいい」

と、答えた。

村人たちの緊張は、わずかにゆるんだ。遭難者の数もそれほど多くはないらしい、と察したのだ。

しかし、海は融雪期に入っているとはいうものの、依然として氷点近くの水温であった。遭難者がどのような状態で助けを待っているのかわからないが、海水につかっているとしたら、短時間のうちに凍死することはあきらかだった。

組合長は、他の二隻の船の持主を呼び集め、一隻に四名ずつの男をのせて救助にむかうことになった。

「遭難者を船に引き上げたら、船底につめこめ。立たせると船が沈むぞ」

と、注意し、浜に引き上げられていた漁船を急いで海面に押し出した。

エンジンの音が起って、三隻の船はつらなって走り出した。風が南から東に変って、海上には三角波が立っている。舳《へさき》で割れる海水が、氷の細片のように冷たくふりかかった。

夜が明けはじめたが、霙がはげしく降っていて視界はきかない。漁師たちは、舳に立って前方を凝視していた。

船を出してから二十分ほどたった頃、漁師たちは、ガスにおおわれた右前方の海面に薄黒いものがひろがっているのを見出した。漁船は、舳をその方向に向けた。

海面一帯が泡立っていた。それは、いつも眼にする海ではなく、人のひしめく世界であった。漁師たちは、予想をはるかに越えたおびただしい人の群れに呆然とした。防寒帽をかぶった兵たちが、救命胴着をつけてうごめき、人の体のはりついた筏もゆれている。その後方には、尾部を海中に没した大きな船首が、淡く突き立っていた。

漁船に気づいたらしく、人の群れから喚き声が起り、群生する茸《きのこ》のように白い掌が上った。かれらは、水を泡立たせながら船にむかって近づいてきた。

漁師たちは、恐怖を感じた。殺気をはらんだ群衆が押し寄せてくるのに似て、船は、たちまち人の群れにつつまれた。漁船の船べりは高く、手をかけることはできない。船の周囲には血走った眼と伸ばす手がひしめき、その中から声が一斉にふき上っていた。

漁師たちは、手をのばし男たちの手をつかむと、船に引き上げはじめた。男たちの体重で、船は左右に激しくゆれた。漁師たちは、引き上げた兵たちを、荷物を扱うように板をはずした船底に押しこんだ。たちまち、船底は兵たちの体で埋り、さらに、兵たちの体が重ねられた。

吃水《きつすい》が沈み、鮭、鱒を大量に積みこむ経験をもつ漁師たちは、それが限度であることを知った。

「これ以上のせると沈む。すぐに引き返してくるから、元気を出して待っていろ」

漁師は、兵たちにどなると、エンジンをかけた。

船をかこむ兵たちの動きが、一層はげしくなった。かれらは、喚き声をあげ、しきりに手を伸ばしてくる。船べりの板に爪をかける音もした。

漁師たちは、

「すぐにもどってくるから」

と、叫びながら、船の速度をあげた。

人の群れからはなれた漁船は、エンジンを全開させて、村の方向に走りつづけた。

船底に押しこめられた兵たちの顔は白く、体をはげしくふるわせている。

肩を荒くあえがせている漁師たちの顔には、一様に憤りの色が濃く浮び出ていた。少尉は、二、三隻船を出せばよいと言ったが、海上で助けを求めている者は、到底、三隻の船で収容できる数ではない。同じ輸送船に乗って上陸用舟艇で助かった少尉が、その数を知らぬはずはなかった。

少尉の悠長な態度も、漁師たちには理解できなかった。少尉は、ゆっくりと村道を歩き、組合長に船を出してくれと言った折も、殊更、急いでいる風はみられなかった。

それに漁師たちは、奇妙なことにも気づきはじめていた。船底で身をふるわせている者たちは、すべて兵で、海面から手をさしのべていた者の中にも将校はみられなかった。ただ組合長の船だけが、筏につかまっている一人の中尉を発見していた。組合長が救助作業をつづけながら、徐々に船を筏に寄せて手をさしのべると、中尉は、

「おれはいい。ほかの兵を先に助けてやってくれ」

と、言った。漁師たちの眼にした将校は、その中尉ただ一人だけであった。

前方に浜が近づき、村人たちの集っている姿がみえてきた。いつの間にか、上陸用舟艇が一隻岸にもやわれている。

船が浜にのし上げると、村人たちが海水の中にふみこんできて、兵たちを船からおろし、浜に近い人家の方へあわただしくかかえて行った。

兵の一人が、

「船はこれだけしかないのか。戦友がまだあんなに残っているんだ。船を出してやってくれ、もっと船を出してやってくれ」

と、漁師たちにふるえ声で言った。

漁師たちは大きくうなずき、すぐに二名の機関士免状をもつ者に空船を出させる準備にとりかからせた。

組合長が、上陸用舟艇に近づいた。舟艇の傍には、将校二人と下士官二名が立っていた。

「舟艇は、何隻ありますか」

組合長がきくと、大尉が、

「三隻だ」

と、答えた。

上陸用舟艇は、漁船より大きく、遭難者を多くのせることができる。それが救助にも行かず、手を拱《こまね》いていることが理解できなかった。漁師たちは、大尉の顔を見つめた。

「私たちの船だけでは収容できないほど沢山の兵隊さんが、沖で救助を待っています。この船を出して下さい」

組合長が言うと、将校と下士官は、白けきった表情で返事もしない。周囲に集ってきた漁師や村人たちを気まずそうにながめているだけだった。

「この船を出して下さい」

組合長が、再び言った。

「すまんが、お前らだけでやってくれ」

大尉が、言った。

組合長の顔が、ひきつれた。

「なぜこの船を出せないんだ。沖には兵隊が死にかけているんだぞ」

かれの声は、荒く大きかった。

将校は、軍刀を帯びていた。将校に怒声を浴びせることは、軍に対する反抗として斬り殺されてもやむを得ない。村人や漁師たちは、顔を青ざめさせた。が、将校と下士官は、黙ったまま組合長の顔を見つめている。

「この船のエンジンを動かせるのは、あんたたちだろう。船を出せ」

組合長は、軍曹と伍長の襟章をつけた二人の男を指さした。かれらは、曖昧な表情をうかべてためらっていたが、周囲の人々の眼に威圧されたように舟艇に足をかけた。組合長は、漁民六名をえらんで舟艇にのせ、自分もエンジンの音をさせている漁船に走った。

上陸用舟艇をまじえた船六隻が、沖にむかった。漁師たちは、船を走らせながらも、時折り組合長の顔に気づかわしげな視線を向けていた。荒い言葉を吐いた組合長が、そのまま不問に付されるとは思えない。将校たちの態度に憤りを感じていたかれらの顔からは、徐々に血の色が薄らいでいった。が、上陸用舟艇の動きに気づいたかれらの眼には、再び苛立ったような光が浮びはじめた。舟艇の船足は早いはずなのに、エンジンをかなりしぼって漁船の後方を走っている。救助は急を要するというのに、舟艇は漁船のかげに身をひそめているようにみえた。

遭難者は、かなりの速度で北西に流れる潮流とともに移動していることはあきらかなので、わずかに北西方向に舳を向けて走った。

やがて、前方に筏と人の群れが見えてきた。海面から突き出ていた船首はすでに没し、あたりにはおびただしい重油が流れていた。

漁師たちは、手をふり、叫んだ。が、前回に比べると、事情は一変していた。人の群れからは、手をあげる者もいない。筏につかまっていた者も力つきて海中に沈んでしまったらしく、一、二名の者がうつ伏せに上半身をのせているだけだった。泳いでくる者もなく、救命胴着をつけてうつ伏せに浮いている死体が多かった。

「生きている者を先に拾え」

組合長が、叫んだ。

這《は》い上る力の失せた者の体は重く、それに、重油ですべりやすい。引き上げる作業は、困難をきわめた。気がゆるむと死亡することを知っている漁師たちは、全身を痙攣させている兵の頰を激しくたたき、

「死ぬんじゃねえぞ、しっかり生きるんだ」

と、怒鳴った。

筏に突っ伏していた中尉は、焦点の定まらぬ眼をして、なにかしゃべろうとするらしく口をしきりに動かしていた。漁師は、中尉を船底に坐らせると、荒々しく顔をなぐった。

船は、生存者を求めて走りまわった。どの船にも、人間を収容できる余裕はあったが、収容した者たちの衰弱が甚しく、一刻も早く手当てをくわえる必要があった。そのため漁師たちは、舳をもどし、船を走らせながら、兵たちの顔を殴り体をゆすりつづけた。が、浜につくまでの間に、船の中で、十一名の兵が息絶えた。

かれらは、担架で人家に運びこまれ、六隻の船は、すぐに舳をもどして沖へむかった。海面には、救命胴着をつけた死体ばかりが浮いていた。船は、それでもまだ呼吸をしている十名ほどの兵を船に引き上げ、浜へもどった。

救助作業は、第四回目の出動を最後に、午後二時半になって打ち切られた。死体の群れは、激しい潮流にのって移動している。漁師たちは、遺体の収容につとめたが、燃料も乏しくなり、潮流とともに移動しながら作業をしていては、帰ることができなくなると予想された。

救助した生存者は、中尉一名と兵二百九十八名で、遺体の数は五十二体であった。浜に近い家々には、数名ずつの生存者が収容されていた。村人たちは、兵たちの濡れた軍服をぬがせて家族の衣服を着せ、火で温めたり入浴させたりした。第二回目以後に救助された兵を割当てられた家では、家族以外の者もくわわって手当てにつとめた。兵たちの全身には、爬虫類の肌のような青い斑紋がひろがり、拳をかたくにぎりしめてふるえている。村民たちは、粗い布でかれらの体を摩擦し、ルンペンストーブに薪をくわえつづけた。

耕地に恵まれず出漁も稀になっている村には、食糧が乏しかった。が、村人たちは食物を持ち寄り、温かい雑炊《ぞうすい》にして兵たちの口に入れてやった。

村に収容された後、さらに八名の兵が息をひきとったが、日没頃には兵の大半が元気をとりもどした。言葉もようやくはっきりと発音できるようになり、村人に礼を述べる者もいた。

夜の闇が、村をつつんだ。村人たちは、淡い灯の下で兵の看護につとめていたが、かれらの眼には時折苛立った光が濃く浮び出ていた。

浜についた三隻の上陸用舟艇に乗っていたのは、機関兵をまじえた数名の兵以外、すべて将校ばかりで、舟艇をつけた国鉄線の踏切近くにある五軒の人家にとじこもったまま、救助作業を見にこようともしない。救助に従事したのは上陸用舟艇一隻で、将校たちは、完全に傍観の態度をとり、わずかに軍曹と伍長が漁師たちに協力しただけであった。しかもその二人は、組合長に強いられて、やむなく舟艇を動かしたにすぎなかった。

かれらのそうした態度に、村の者たちは、暗い秘密がひそんでいるらしいことをかぎとっていた。かれらが、舟艇を出すことをためらい救助作業を見にこようともしなかったのは、かれらに後ろ暗いものがあるからではないのだろうか。おそらく、将校たちは、輸送船の沈没時に自分たちだけ舟艇に乗り、多くの兵たちを海上にとり残したにちがいない。

村人たちは、将校たちの分宿している人家をひそかにうかがっていた。村に多くの兵が救助され死体も収容されているというのに、かれらは、だれ一人として村内を巡視しようともしない。将校宿舎として割当てられた家の者の話によると、かれらは、出された酒をふくんで黙しがちだという。

霙が雪に変った頃、村人たちは、その中の一軒から下士官二名を連れた少尉が姿をあらわすのを見た。少尉は、軍刀の柄に手をかけ、村道を組合長の家の方へ歩いてゆく。村人たちは、少尉の姿を不安そうに見送った。将校に荒い言葉を投げつけた組合長に、なにかの制裁をくわえるのではないかというおそれを感じた。

少尉は、組合長の家の前で立ちどまると、組合長を外に呼び出した。組合長は、少尉の前に立った。が、村人たちの危惧に反して少尉は、慇懃《いんぎん》な口調で救助作業をおこなってくれたことに対する礼を述べた。

組合長は、少尉の挙手にこたえて頭をさげたが、その日の夜明けに船を出してくれと頼んだ少尉と同一人であることに気づいて、

「あの時、漁船を出せるだけ出せとなぜ言ってくれなかったのです。あんなに多くの兵隊さんを殺さんですみましたのに……」

と、しめった口調で言った。

少尉は、困惑したように口をつぐみ、下士官を連れて雪の中を去っていった。

その話は、すぐに村の家々へつたわっていった。二、三隻でいいと言ったのは、少尉個人の判断ではなく、舟艇で助かった将校たちの意志であることはあきらかだった。かれらが、そうした言葉を少尉につたえさせた根底には、さまざまな理由がひそんでいるように思えた。

好意的に考えれば、あの冷たい海では、生存者の数も少いだろうと想像されたた

めとも思えるが、それよりも、多くの死者を出した事故をなるべく一般人に知られまいとした意識がはたらいていた、と推察された。しかも、将校たちが兵を置き去りにした事実があるだけに、かれらとしては、証人としての生存者をより少くと願ったのではあるまいか。かれらが上陸用舟艇を出すことをしなかったのも、同じ理由によるものと考えられた。

いずれにしても、少尉の口にした二、三隻でいいという言葉と、上陸用舟艇を出すことを拒《こば》んだ将校たちの態度が、多くの兵たちをいたずらに死亡させた原因になったことはあきらかだった。

村人たちは、互いに暗い眼を交し合っていた。かれらは、将校たちに対する反感を、兵士たちを手厚くもてなすことによって強調しているようにみえた。

兵たちは、黙しがちだった。かれらは、ストーブのまわりに坐って、火の燃えさかる音にじっと耳をかたむけている。その横顔には、感情の激するのを堪えているような険しい表情がにじみ出ていた。

或る家の家族は、兵たちが、前線に出たら将校を殺すと、低い声で言葉を交すのを耳にしたという。その話は、家から家へとつたわり、村人たちは、兵たちが一斉に蜂起して、村はずれの人家に分宿している将校たちを襲うのではないかと予想した。

はっきりしたことは言わなかったが、兵たちは、千島列島方面から輸送船に乗せられて戦場へむかう途中であったという。大半の者が、船酔いに苦しんで体力を衰えさせていたため、海に投げ出された後、すぐに死亡した者が多かったらしい。

村は、降雪の底に沈んでいた。兵たちは、不穏な動きをしめす気配もなく、村人たちの敷いてくれたふとんの中にもぐりこんだ。かれらの間から深い寝息が起っていたが、時折り呻《うめ》き声をあげて半身を起す者もいた。

村人たちは、夜も眠らずかれらの姿を見守っていた。

翌朝、ボタ雪の降りしきる村道を、軍装の男たちの一団が駅の方へむかって歩いていた。かれらは、踏切近くの人家から出た将校たちで、防寒具に身をかためて、寄りかたまるように雪をふんでゆく。

村人たちは、家の中や軒先からかれらの姿を凝視した。先頭を行く将校は老齢らしく、背をまるめて歩いている。将校たちは、老軍人をかこむように小さな駅に入ると、やがてやってきた列車の中に消えた。

将校宿舎に割当てられていた家の者の話によると、組合長の家に礼を言いにきた少尉と下士官二名が残されただけで、それ以外の全員が家を出ていったという。かれらは、部隊再編成の目的で連隊本部に行ったのだというが、村人たちは、兵や村人の空気を察して逃げたのだと噂し合った。

その日の午後、将校たちと入れ代りに、数名の将校に率いられた兵三十名ほどが列車で到着し、憲兵二名も村に入ってきた。かれらは、将校たちのいた人家を宿舎にすると、生存者の氏名確認と遺体の調査をはじめた。

将校は、村長を通じて輸送船沈没事故については他の村の者に絶対口外せぬように、という厳重な通達を発した。そして、学校の校舎に安置されていた遺体を踏切近くの浜にはこび、薪を組み重油をかけて焼いた。

兵たちは元気を恢復し、降雪の合い間には浜に出て海をながめたりしていた。沖には海上から突き出た輸送船のマストが遠くみえ、かれらの視線も、その個所に据えられていた。

浜に炎が三個所から起っていた。死体は容易には焼けず、作業をする兵たちは、しきりに鉄棒で突ついたり薪をくわえたりしていた。その周辺の浜の石の間には線香が立てられ、村人たちの合掌する姿もみられた。

骨は素焼きの壺におさめられ、さらに、林檎箱に詰めこまれて列車で運び出された。六十体の焼骨作業は、五日後に終った。

輸送船が沈没してから一週間目の朝、救助された兵たちは、新たに支給された銃を手に軍装をととのえ、家族に厚く礼を言うと家を出た。集団で送ることは禁じられていたので、村人たちは、軒先に立って兵たちを見送った。

兵二百九十名は、村の学校の校庭に集合し、救助されたただ一人の将校である中尉によって点呼を受けた。そして、雪どけの道を二列縦隊になって駅へとむかい、列車でいずこへともなく去っていった。

後に残った二名の憲兵は、あらためて村長に輸送船沈没事故を口外せぬように念を押し、夕方の列車に乗って村をはなれた。

村長は、憲兵からの通達を紙に書き記して村内に回覧させ、もどってきた紙片を焼却した。

村に、静寂がもどった。村人たちは、浜に散乱した焼けこげの木片を処理した。輸送船の沈没事故の名残りは、遠い沖合の海面に斜めに突き出て見える船のマストだけになった。

いつの間にか、三隻の漁船も漁に出ることはなくなっていた。アメリカ艦載機の飛来が頻繁《ひんぱん》になって、銃撃にさらされるようになったからであった。艦載機は、村の家並や、浜に引き上げられた船に銃弾をふりまいた後、海面に突き出ている輸送船のマストの上空を一周したりして去った。

戦争が終り、軍籍にあった男たちが、村に一人、二人ともどってきた。かれらは、うつろな表情で家の中で所在なげに寝ころがったりしていた。

村の食糧難は、深刻だった。山間部の村落には穀物や野菜はあったが、それと交換する魚介類が村にはない。船の燃料が完全に底をつき、わずかに岸に近い海面に小舟をうかべて釣糸を垂れる以外に方法はなかった。

が、秋風が立ちはじめた頃、魚と交換にという条件で燃料を提供する商人が村に入りこんできて、漁船は一斉に沖へとむかった。

長い間網を入れることのなかった海には、魚が群れていた。漁船は、出漁するたびに魚類を満載してもどり、浜は大漁で沸き立った。

十月下旬、底曳き網に軍服を着た男の遺体がかかった。顔のくずれた腐爛しきったもので、帯革の部分がくびれて骨が露わになっていた。その遺体は、網の中ではねる多くの魚に埋れて動いていた。

襟には伍長の階級章がつき、懐中には軍隊手帳が入っていたので身許はわかったが、引き取り手はなく、村の裏山の墓所に仮埋葬された。

それから三日後、再び遺体が上ったのを手はじめに、一カ月ほどの間に十一体の遺体が網にかかった。ほとんどが白骨のむき出しになったものばかりで、三体をのぞいては氏名も明らかではなかった。

遺体の収容と埋葬が、輸送船沈没事故の記憶をよみがえらせ、村の者たちは事故の日のことを口にしあうようになった。

その頃、海岸の他の村落からもさまざまな話がつたわってきた。或る村落には、六百体近い兵士の遺体が漂着したというし、救命ボートに乗った船員たちが隣の村落の海岸についたともいう。また苫小牧方向の村の漁師が、輸送船が沈没してから十日目に、筏にしがみついて漂流している兵一人をたすけたという話もあった。

終戦後三年目に輸送船の引き上げ作業がはじまると、村の者たちは、その日のことをしきりに茶飲み話にした。金属の高騰に目をつけた或るサルベージ会社が、沈船を保有していた船舶会社から買い受けて引き上げることになったのだ。

水深二八メートルの岩礁の多い海なので、作業は順調に進み、船内から七体の遺体と八台の小型戦車を揚収した。その後、船体にダイナマイトを装塡し、爆破解体した。

沈坐していた船は、魚の棲家《すみか》となっていたらしく、起爆によって多くの魚の死骸が浮き、その中には船具の破片や衣類もまじっていた。

小型戦車はアメリカ進駐軍の検査を受け、解体を条件にサルベージ会社に引渡された。村人たちは、浜に並べられた小型戦車をかこんで、船が沈没した日の記憶を話し合った。

それから数年後、道庁の紹介で数人の男女が村にやってきた。かれらは、輸送船に乗っていた兵たちの遺族で、毎年、沈没日にこの村で法要をいとなみたいという。村にとって、それをこばむ理由はなにもなかった。むしろその申し出は、村人たちの共感を呼び、村の行事の一つとして協力することになった。

その年の沈没日に、十名ほどの遺族がやってきて、村から提供した漁船に乗って沈没海面に花環を投じ、寺で慰霊祭をおこない、遺族をかこんで追悼会がもたれた。

村人たちは、遺族たちの顔に、肉親の死を悼《いた》む単純な表情しか浮んでいないことに気づいていた。遺族たちは、夫や息子が船で輸送されている途中、アメリカ潜水艦の雷撃によって海へ投げ出され、死亡したということしか知らない。村人たちは、暗黙のうちに、兵士たちの死にいまわしい事実がからんでいることを、意識して口にすることを避けた。かれらは、遺族たちの悲嘆をかきみだしたくなかった。それに、戦争が終ったとはいえ、その事実を公けにすることによって、なにかの災厄が村にふりかかってくることをおそれる気持も強かった。

かれらは、沈没日に霙が降っていた、と遺族たちに言った。漁船を出して兵士たちを救助し、村人総出で兵士たちを手当てし、食物をあたえた。死体は潮流にのって北西方向へ流れ、その中の数十体を浜で荼毗《だび》に付し、白木の箱を見送ったと、言葉少く語った。

遺族たちは、それで十分満足したように眼頭をおさえ、村から去る時も、浜に寄りかたまって沖合を見つめてたたずんでいた。

その後、遺族の数も増して、慰霊祭は新聞記事にもなった。寺の境内には英霊の碑が立てられ、村人たちの手によって香華《こうげ》が絶えなかった。

村の生活には、変化が起っていた。群れていた魚も徐々に減少し、その上、はるか沖合に大型漁船が他の港からやってきて、大量に魚介類を水揚げするようになった。

村の若い漁師たちは、大型漁船の根拠地である港に出稼ぎにゆくようになり、老いた漁師たちだけがわずかな魚を網にかけていた。

輸送船沈没の日を記憶している者も、年を追うごとに数少くなっていった。遺族たちの悲しみも薄らぐのか、交通の不便な村でおこなわれる慰霊祭に出席する者も、年々減ってきていた。かれらの間には、慰霊祭を近いうちに中止しようという声もきかれるようになっている。

峨々《がが》とそびえる日高山脈を背景に、村はひっそりと身をひそめ、沖合の潮流だけが、北西方向にむかって依然としてかなりの速さで動いていた。

三

部屋の傍には、高速道路が帯状に流れ、さまざまな色彩と形態をした自動車が、ゆるいカーブに身をかしげながら走っていた。広いガラス窓は二重になっていて、自動車は音もなく現われては、消えてゆく。

私は、一人の男と向い合っていた。

部屋の中は、暖気が程よく調節されていて快い。

男は、華奢《きやしや》な体を上質の背広につつんで、ソファーのクッションに軽く背をもたせていた。額の禿げ上った顔には、温厚そうな微笑がうかび、眼鏡の奥に光る眼にもおだやかな色がただよっていた。

「船は、どこから出発したのですか」

と、私はきいた。

「千島列島の占守島《しむしゆ》です」

かれは、静かな口調で答えた。

「一隻だけだったのですか」

「輸送船三隻と、護衛する小艦艇です」

「どのような目的をもった船団だったのですか」

「占守島で、約三千名の補充部隊が編成されました。すでに沖縄には米軍が上陸して、日本軍守備隊と激戦中でしたので、われわれは、沖縄本島に逆上陸するため移動を命じられたのです」

彼は、答えた。

「撃沈されるまでの経過を、お話しいただけませんか」

私は、言った。

男は、ガラス窓の方向に眼を向けた。自動車の音もない流れがつづいている。

「輸送船団は、深夜、占守島を出港して、千島列島の西岸沿いに南下し、国後《くなしり》島の南端をかすめて根室沖合に出ました。それから釧路沖を過ぎ、襟裳岬をまわりました。その時、追尾してきていたらしい敵潜水艦の雷撃で、護衛していた海防艦が撃沈されました。船団は、対潜警戒の之《の》字《じ》運動をつづけて室蘭方向にむかって急航しましたが、再び、敵潜水艦の攻撃を受け、三隻の輸送船の中央を走っていた輸送船の船尾に、魚雷が命中しました」

「その船に乗っておられたというわけですね」

「そうです」

「それからどうなさいました」

私は、端正な男の顔を見つめた。

「海岸方向に、かすかに人家の灯がちらつくのが見えました。沈没の十分予想された船は、なるべく海岸に近づこうとしたらしく、船団からはなれて全速力で灯にむかって突き進みました。二キロ近くも進んだ頃でしょうか、浸水が激しくなり、船も傾斜しはじめました。これまでということになって、全員救命胴着をつけ、船を退去しました。私は、暗号書をもっていたので、それを守るために上陸用舟艇に乗りました」

「舟艇に乗ったのは、将校のみですね」

「主にそうです。従兵と機関兵もいましたが……」

男は、眼をしばたたいた。

「海上は、どんな状態でしたか」

「夜は明けていませんでした。三角波が立っていて、舟艇はゆれました」

「切りましたか」

私は、たずねた。

「なにをですか」

かれは、いぶかしそうに私を見つめた。

「兵士の腕です」

男は、一瞬放心したような眼をした。徐ろに視線を落したが、あげた顔には妙な笑いが薄くただよっていた。

「私は、切りませんよ。暗号書を抱いて舟艇の真中に坐っていたのですから……」

かれの微笑は、深まった。

「切った将校もいたのですね」

と、私。

「いました」

と、彼。

「船につかまってくるからですか」

と、私。

「船べりに手が重なってきました。三角波にくわえて周囲から手で押されるので、舟艇は激しくゆれました。乗ってくれば沈むということよりも、船べりをおおった手が、恐しくてなりませんでした。海面は兵の体でうずまり、その中に三隻の舟艇がはさまっていました。他の舟艇で、将校が一斉に軍刀をぬき、私の乗っていた船でも、軍刀がぬかれました。手に対する恐怖感が、軍刀をふるわせたのです。切っても切っても、また新たな手がつかまってきました」

「あなたは、なにもなさらなかったのですか」

「靴で蹴っただけです」

男は、かすかに眉をしかめた。

「腕を切られた兵士は、沈んでいきましたか」

「そうです。しかし、そのまま泳いでいる者もいました」

「兵士たちは、なにか言いましたか」

私は、たずねた。

男は、口をつぐんだ。微笑がこわばった。フィルターつきの煙草を手にしたが、火はつけなかった。

男が、口を開いた。

「天皇陛下万歳、と叫んでいました」

私は、ノートをとる手をとめて、男の顔を見つめたが、窓の外に視線をそらせた。

男は、善良そうなおだやかな眼をしていた。上質の背広に身をつつんだ、華奢な体つきをした都会的な感じのする男だった。言葉づかいも慇懃で、女性的ですらあった。

窓の外には、自動車の音もない流れがつづいている。

視線の隅に、男がライターでゆっくりと煙草に火をつける仕種《しぐさ》がとらえられた。

手首の記憶

一

バスは、海岸沿いの道をかなりの速度で走ってゆく。初夏の陽光を浴びた海は明るく輝き、水平線に近い海面には、朱色の煙突を突き立てた貨物船らしい船がゆるやかに動いていた。

トンネルをぬけると前方に、丘陵から海岸に傾斜してひろがっている小樽の市街が見えてきた。

今日こそは絶対にあの女と会って話をきき出してみせる、と金子は遠い家並を見つめた。

新聞社に入社してから、すでに十五年が経過し、社会部次長の地位にもついている。その間、かれは社会部記者として連日のように起る事件を追ってきた。その取材方法は積極的で、対象をつかむと執拗にからみつく。殺人事件があれば、腐爛死体でも死臭に顔をしかめることはせず係官の眼をかすめて死体の傍に近づこうとする。死体をおおう蛆《うじ》の成育状態から死後の経過時間を推定しようとして、蛆をつまんでポケットにひそませたこともある。

殺害犯人の家族から取材しようとその家を訪れ、いきり立った家族から水を浴びせかけられるような扱いを受けたことも数知れない。が、そんな時でもかれは薄ら笑いを浮べてその場をはなれようとはせず、家族に平然とした表情で質問を浴びせつづける。物に動じない他社の記者たちも、さすがに金子の取材態度に呆れ、蛇の金子と渾名《あだな》する者もいた。

そうしたかれにとって、小樽市に住む一人の看護婦を取材することは日常茶飯事のいとも容易なものに思えたが、かれはすでに一度、正確に言えば電話取材をふくめて二度取材することに失敗していた。

かれは、社会部次長としての仕事以外に、半年ほど前から「樺太終戦ものがたり」という戦争記録を社の新聞の夕刊に連載していた。それは一回につき四百字詰原稿用紙五枚ずつの分量を必要とするだけにかなりの負担になっていたが、その仕事はかれ自身がすすんで引き受けたものであった。

戦争記録を連載しようという企画が立てられたのは、三年前であった。その頃、地方の各府県を頒布《はんぷ》地盤とする地方紙が、それぞれの郷土部隊の戦闘記録を連載するようになり、それが例外なく読者の強い関心をひいていることがあきらかになって、金子の社でもその企画を実行に移すことになった。

かれの社の新聞頒布地域は北海道一円で、郷土部隊の参加した戦場の一つである沖縄の戦闘記録の連載からはじめられた。執筆には社会部から選ばれた記者が当り、正式の沖縄戦史を基礎に、戦闘に加わった道内出身者の実戦記を収集し発表した。

その連載が予期通り好評だったので、沖縄戦につづいて千島戦闘記録、ノモンハン戦闘記録がそれぞれ連載され、殊にノモンハン戦の記録は社から単行本として出版された。

最後の連載として樺太戦が企画されたが、それを知った金子は、上司にその執筆を懇願した。

かれにとって、樺太は忘れがたい故郷でもあった。

かれの祖母は、明治三十八年に日露講和条約で日本の領有に帰した南樺太に開拓民として渡り、やがて結婚してかれの母を生んだ。そして、かれはその母の長男として樺太の豊原で生れ、小学校から中学校時代をその地で過した。

かれは、終戦直前陸軍士官学校の試験に合格したが、配属将校の強いすすめで予科練習生として海兵団に入団し、樺太を去った。

やがて終戦を迎えたかれは、故郷へ帰る道が完全に閉ざされていることを知った。樺太には父母弟妹がいるが、すでにその地はソ連軍占領地になっていて渡航することは不可能になっていた。

かれは、父母弟妹に会いたい気持を抑えきれず樺太に最も近い北海道北端の稚内に行った。すでに稚内には雪が来ていて、かれは、降雪の中で浜に立ちつくして樺太方向の海を見つめつづけていた。

やがてかれは、同じような境遇にある者が数多く稚内に集まっていることを知るようになった。そして、それらの者たちの口から、樺太に渡るひそかな道がひらけていることを告げられた。それは、密航船による方法で、その船の船員たちは闇夜をえらんで宗谷海峡を渡り、旧陸海軍その他が遺留した漁網、食糧、ガソリン、石炭等を倉庫から盗み出して引返してくる。その往路の空船に、樺太行きを希望する者を一名につき二百円で便乗させているという。

かれは、その程度の金は所持していたが、樺太からの引揚者の話を耳にすると密航する気持も失われた。八月十五日の終戦以後もソ連軍の攻撃は続行され、停戦を申し込んだ日本側軍使は射殺され、多くの日本兵もその砲火を浴びて戦死した。殊に非戦闘員は、ソ連軍の殺害、掠奪《りやくだつ》、暴行をうけて、その惨状は目をおおうものがあったという。

かれは、そのような地に赴くことは恐ろしかったし、それに父母も弟妹も死亡していることが十分に予想されたので、危険をおかして密航者の群に身を投ずる気にもなれなかった。

かれは、結局樺太行きは断念したが、肉親への思慕《しぼ》はつのり、しばらくの間は稚内をはなれることができなかった。

身寄りもない十八歳のかれにとって、戦後の混乱期を生きぬくことは困難だったが、かれは逞《たくま》しく生きた。炭鉱に入って石炭搬出作業に従事したり、千島方面で密漁をする漁船にも乗りこんだ。暴力組織の配下に入って、ダフ屋、かつぎ屋をやって警察に留置されたこともあった。そのような浮草稼業に似た生活を三年間つづけたが、突然かれのもとに父母弟妹が無事に樺太から引揚げてくるという通知がもたらされた。

かれは、肉親が死をまぬがれていたことに狂喜して函館に行き、そこで引揚船から下船してきた両親たちと再会し、抱き合って泣いた。その折、母が土産品だと言って手渡してくれたのは、ひと切れの黒パンだった。

その折の三年間の孤独な、そして飢えからのがれるため必死にすごした生活は、かれの神経をいつの間にか強靭なものにし、それが新聞社に入社してからも記者として執拗な取材活動をとらせることにもなっていたのだ。

かれは、生れてから少年時代を過し、しかも終戦時に密航まで考えた樺太を自分の筆で書き残したかった。おそらくは再び眼にすることのできぬ樺太の一木一草にいたるまで、記憶を手繰って書きとめたかった。

かれの乞いは上司に受け入れられて、かれは旧陸海軍の残した戦史を参考に樺太の終戦時における戦闘経過の調査に着手した。

樺太戦は、昭和二十年八月十五日日本がポツダム宣言受諾による無条件降伏を宣した終戦の日以後、本格的に展開されたと言っていい。

八月十一日、ソ連軍は、樺太の日ソ国境を突破して日本軍守備隊と交戦、同十五日以後も攻撃をやめなかった。そして翌十六日朝には、艦砲射撃と爆撃の掩護《えんご》のもとに樺太西海岸の恵須取町に上陸、さらに同月二十日朝には真岡方面に上陸した。真岡附近にあった歩兵第十五連隊第一大隊では、連隊長の命令で停戦交渉の軍使を派遣したが、ソ連軍は軍使一行を射殺、一般避難民にも銃爆撃を浴びせかけた。そのため日本軍も反撃を開始し、同方面一帯に激戦が展開された。

その後二十三日、連隊長は「俘虜トナルモ停戦スベシ」の師団長命令により軍使を派遣したが、それも再び射殺され、連隊長自ら停戦交渉にあたってようやくその日、ソ連軍の攻撃はやんだ。その他樺太各地で、日本軍は続々と武装解除をつづけ、八月二十八日には全部隊が武装を解除し、ようやく全島の戦闘は停止した。

金子は、そのわずか二十日足らずの期間に、南樺太で具体的にどのようなことが起ったかを知るため克明な取材を開始した。社務のあい間を縫っておこなう仕事であったので、遠隔の地に赴くようなことはできなかったが、かれは、精力的に多くの人々と会って体験談をきき、手紙を書いて手記を送ってもらったりした。

「樺太終戦ものがたり」の連載がはじまると読者の反響は大きく、自発的に体験記を送ってくる者もいて、かれの原稿執筆は順調に進んだ。

かれは、旧陸海軍将兵の戦闘体験について百回近くの記述を終えた後、戦火にまきこまれて戦場を彷徨した一般避難民の取材に移った。それらの体験者の口からもれる回想は、かれの胸をしめつけ、その度に故郷である南樺太の空の色や草いきれが鮮烈によみがえった。美しい風光をもつ故郷は、血と汚辱に満ちたものに化していた。

非戦闘員は、ソ連軍の越境と上陸を知って南に向って逃避行をつづけた。その群に艦砲射撃や爆撃、銃撃が浴びせかけられ、死傷者は樺太の山野を埋めていった。進攻してくるソ連軍に対し、男たちは銃や竹槍をもってたたかい、老幼婦女子はその中を銃爆撃にさらされながら逃げまどった。かれらの通過した後には、嬰児や女の死体にまじって自殺遺体も数多くころがっているのが常であった。

ソ連軍が進出した後にも、混乱は跡をたたなかった。掠奪、暴行が昼夜の別なく繰返され、それを恐れて多くの者が自決した。親は子を殺害し、そして、自らも自殺をはかる。そうした中を、発狂者が意味もわからぬ喚《わめ》き声をあげて走りまわった。

金子は、生存者からそうしたむごたらしい話を取材して、丹念に文字に書きとめていった。

かれは、やがてソ連領との国境から約百キロ南方の恵須取地区で戦火にまきこまれた人々からの体験談を収集するようになった。恵須取町は支庁のおかれている人口三万の西海岸にある産業上の要地で、ソ連が参戦した折には重要な軍事拠点の一つと目されていた。

その地区に対するソ連軍の軍事行動は、八月九日夜の偵察機の飛来にはじまり、十一日から本格的な空襲が開始された。そして、翌十二日には同町浜市街に火災が発生、守備隊は老幼婦女子に対し南東方にある上恵須取への避難命令を発した。その日、国境の安別にソ連軍の上陸が開始され、さらに翌朝恵須取沖合にソ連艦艇が出現、上陸用舟艇が海岸に向った。

同地の特設警備第三百一中隊は、これを迎撃して撃退したが、恵須取町の浜市街はその折の艦砲射撃で完全に焼滅した。

翌々日の八月十五日正午、天皇の終戦を宣する放送が聴取されたが、翌十六日早朝、恵須取町北方十キロの塔路町海岸に、艦砲射撃と航空機による銃爆撃の支援のもとにソ連軍が上陸してきた。

当時同方面には特設警備隊の一小隊が配置され、それに民間人によって編成された義勇戦闘隊が参加していた。が、義勇戦闘隊は、分隊長が拳銃か小銃をもっているだけで、他は猟銃又は竹槍を手にしているにすぎなかった。

天皇の放送によって終戦を知った恵須取支庁長は、義勇戦闘隊長を兼務する塔路町長阿部庄松と警察署長松田塚一に、

「ソ連軍への抵抗をやめ、町民を誘導して避難すべし」

という趣旨の命令を発した。

その指令にしたがって、義勇戦闘隊は、約百名の戦死者を出しながらも山間部へ住民を避難させることにつとめた。が、ソ連機は、これら避難民にも銃爆撃を繰返し、多くの人々を殺傷した。

塔路町南東方に、大平という王子製紙系の炭鉱町があった。その町には、石炭の露出した大炭鉱があって、施設も完備され多くの社員が住みついていた。

塔路町の住民は大平にも流れこんできて、さらに南へと逃避行をつづけていった。

金子記者は、それらの避難民の状況をさぐるため、道内に住む生存者をもとめて取材をつづけ、「大平の悲劇」という項を新たにもうけて大平を中心とした惨状の執筆にとり組んだ。

ソ連側の戦史によると、塔路町とその附近は上陸後二十四時間以内に占領したというが、殊に大平附近の義勇戦闘隊による防禦はかたく激戦が展開されたと記されている。事実、同地区の義勇戦闘隊員の戦死率は他地区よりも高く、大平の住民も戦火にまきこまれて惨死する者が多かった。

金子記者は、生存者の口にする悲惨な体験談をメモして新聞連載を進めていった。

そのうちにかれは、思いがけぬことを耳にしてその取材にとりかかるようになった。初めにそのことを洩らしてくれたのは、当時の生存者の一人である江別市に住む高川（旧姓岩崎）うら子という女性で、大平炭鉱病院に勤務していた高橋という婦長をはじめ看護婦多数が集団自決をしたという。

樺太戦では電話交換手が劇薬をあおって自殺したという悲話が伝わっているが、それと同様の死があったということは初耳であったし、戦後の記録にも残されていない。

高川うら子は、

「無事に帰国できた者の義務として、社会にこの事実をひろく伝えたい」

と、金子に言った。

さらに音別町に住む当時の引揚者の一人である山ケ鼻弘という人から、高川うら子の話を裏づける手紙をもらった。その文面によると、自決した一人である瀬川百合子という看護婦の家族とは隣同士に住む間柄で、遺体埋葬地に林立する自決者の墓標も眼にしたという。そして、その折に死にきれずに生き残った看護婦の一人が、釧路に住んでいるらしいという消息も書き添えられていた。

金子は、その悲惨な事件の内容を知るため生存する看護婦の所在を探ることに手をつけた。そして、まず王子製紙の関係者に当ってみたが要領を得ず、そのうちに当時看護婦であった彼女たちがその技術を生かして現在も看護婦として生計を立てている確率の高いことに気づいた。

かれは、早速北海道内の主要な病院、殊に炭鉱病院に百通にも達する照会の手紙を書き送った。そして、その反応を待っていたが、半月ほどたっても返事はどこからも送られてはこなかった。

かれが断念しかけた頃、赤平炭鉱病院の看護婦から一通の葉書が寄せられた。そこには、該当すると思われる女性が、小樽に住んでいるという話をきいたことがあると記されていた。

かれは、すぐに小樽市内の病院、医院に手当り次第に電話をかけてみた。と、北生病院の事務員が、戦時中樺太の大平炭鉱病院に勤務していたという経歴をもつ女性が病院内にいるということをもらした。それは、寺井タケヨという看護婦で、小児科担当として勤務しているという。

金子は、ようやく探し求めていた看護婦の所在をつきとめたことを喜んで、すぐに寺井タケヨ宛に手紙を出し、会って話をおききしたいと頼んだ。が、寺井からはなんの返事もなく、再び電話すると、寺井は電話口にも出たくないと言っているという。

かれは、その日バスで小樽市に行くと北生病院に行き、婦長に面会した。そして、取材の趣旨を話して、寺井タケヨと一分でも二分でも会わせてくれと頼みこんだ。婦長はすぐに了解して、看護婦詰所に行ったが、やがてもどってくると、寺井は会いたくないと言っていると告げた。

金子は、それでも諦めきれず再度婦長に頼みこみ、婦長も再び看護婦詰所に行って寺井の説得に当ってくれたが、結果は同じであった。

「もう二、三日待って下さい。私がよく話をして納得させますから……」という婦長の言葉に、金子は仕方なく帰路についた。しかし、婦長からの連絡はなく、苛立ったかれは再び小樽へ足を向けたのだ。

バスが、小樽市内に入った。

かれは、町角でバスを降りると海の方向に通じる道を歩き出した。

なぜ、寺井タケヨは自分に会いたがらないのだろうと、かれは、何度も繰返した言葉を胸の中でつぶやいた。そうした疑問を自分に発する度に、かれは、「樺太終戦ものがたり」の取材中に同じような取材拒否にあったことを思い起すのが常であった。

それは、樺太西海岸の真岡でソ連軍の進攻にさらされた非戦闘員の取材にあたっていた時の経験で、いったんは取材に応ずる旨の返事を得ながら、実際には取材することができなかった。取材対象は、当時樺太の真岡市南浜町で酒造業をいとなんでいたI家で、まず六十四歳の戸主清次郎という人が殺害されたことから悲劇がはじまった。

清次郎は、ソ連兵が進駐してきた直後、道路を通行中突然ソ連兵から銃撃を受け、手に傷を負いながらも荒貝川に飛びこんで辛うじて家にたどりついた。かれは、翌日傷の手当のため病院に行く途中、再び銃撃をうけることを恐れて店のウイスキー数本をソ連兵に贈ろうとして家を出たが、その直後に射殺されウイスキーを奪われた。I家に残されたのは、清次郎の二人の息子のそれぞれの妻と幼い子供五人であった。長男と次男は兵籍に入っていて留守であった。

酒造業であったI家は、ソ連軍進駐直後から酒類を求めるソ連兵の関心の的になっていて、店の壁にかかげられた清次郎の肖像画を自動小銃で乱射されたり酒を多量に持ち去られたりしていた。

二人の妻は、義父の死に激しい衝撃を受け、このままではソ連兵に射殺されるか凌辱されるにちがいないと思った。彼女たちは絶望して死を決意し、子供を残すこともできないと考え、一家心中を企て、それぞれ自らの子を絞殺した。そして、自分たちも後を追おうとして縊死をはかったが、乱入したソ連兵が家に火を放ったためその機会を失ったという。

金子は、その話を耳にして事件の全容をつかむため札幌市に住む清次郎の長男善作の家を訪れた。金子の熱心な説得によって、善作は妻に対する取材を許し、会う日まで定めたが、その前日になって善作から取材に応ずることは出来ない旨の連絡があった。善作の話によると、二十余年前に起った惨劇の話になると、妻は必ず卒倒し失神してしまうという。善作がためらい勝ちに金子から取材申し込みのあったことを口にした時も、妻は短い叫び声をあげると仰向けに倒れ、意識を回復してからもふとんをかぶって泣き喚いているという。

金子は、結局取材することを断念したが、長い歳月をへても戦時の記憶に身をさいなまれている多くの人々が生きつづけていることを知った。そして、その傷痕を逆なでするようなことが、果してよいことなのかどうか、自責の念にも駆られた。

しかし、かれは故里である樺太の澄みきった空の色を思い起して取材をつづけねばならぬと自らに言いきかせた。生れ育った南樺太の空の下で、どのようなことが起ったのか。戦争という巨大な歯車の回転の中で、樺太の空は、どのように人間の所業を見守っていたのか、それを取材することによってたしかめたかった。

寺井タケヨという元大平炭鉱病院の看護婦が、新聞記者である自分に会うことを避けているのは、子を殺害した若い母親と同じように思い起すことも苦痛な記憶があるからにちがいない、と、かれは思った。

かれは、北生病院にたどりつくと、院長に直接面会を申し込んだ。

診察が跡切れた頃だったらしく、五十年輩の院長が出てきた。かれが取材の話を口にすると、樺太にいたこともある院長は、金子の乞いをいれて看護婦の説得に当ってくれることを約束してくれた。そして、すぐに部屋を出て行ったが、やがてもどってきた院長は、頭をふった。

院長の話によると、寺井タケヨは病院にきてから十年近くになるが、過去のことは一切口にしない。そして、金子が取材にきたことを話すと、

「なにも話したくない」

と言ったきり口をつぐんでしまったという。

「穏やかな看護婦なのですが、別人のように頑固に拒否しましてね。あの様子じゃどんなに説得しても話はしませんな」

と、院長は断定するように言った。

金子は落胆したが、とりあえず寺井タケヨの私生活にふれてみたいと思い、どこに住んでいるのかときくと、少し離れた所に建つアパートに住んでいるという。

かれは、病院を出ると教えられた道をたどって狭い露地に足をふみ入れた。そして、露地の奥に建つ古びた木造建のアパートに入ると、アパートの住人からタケヨの生活をきき出し、タケヨが三畳間に一人で住んでいることを知った。

意外にもそのアパートの近くに、かれの妻の実兄の家があった。かれは、なにか手がかりを得ることができるかも知れぬと思って、その家に立ち寄った。

かれが寺井タケヨの話をすると、義兄の妻は、タケヨが子供を可愛がってくれていて親交もあることを口にした。かれは、思いがけぬ幸運を喜んだが、院長、婦長を介しても取材に応じぬ彼女が義兄夫婦の説得に応じるわけがない。

かれは、義兄の妻にタケヨへの質問を託した。大平炭鉱病院勤務の看護婦たちが、集団自決したことは疑う余地がないが、何名がその企てに参加し、何名が死亡したのかわからない。六名が死亡したという者もあれば、八名死亡説を口にする者もいる。

「何人のうち何人が自決して死んだのか、それだけでもきいておいて下さい」

かれは、義兄の妻に依頼した。

かれは帰社すると、連絡を待った。看護婦の集団自決事件を記述するのにも、その人数が不明では記録の価値が半減する。かれは、義兄からそのことだけでも知りたいと期待していたのだが、二日後にかかってきた電話は、かれを失望させた。義兄はタケヨに会って質問を発したが、「そのことに関するかぎり、一切お話できぬ」と、かたく拒否されたという。

金子は、それでも諦めきれず、その後二度北生病院を訪ねてみたが結果は同じで、タケヨは顔をみせることもしなかった。

その間、かれは彼女の生活環境を自然に知るようになっていた。彼女は結婚もせず、親しくつき合っている人もいない。ただ一人の兄は樺太で戦死し、肉親らしいものもなく孤独な生活を送っている。そうした生活が、終戦時の記憶に大きな関係をもっているのではないかとも思えた。

かれは、新聞連載の「樺太終戦ものがたり」に大平の集団自決の概要を書き記した末尾に、「……これ以上詳しいことは、いろいろ手を尽したがわからなかった。生存者の一人を探し出したが、昔を思い出したくないと断わられた。一生を自分の心のうちに秘めていこうとするその心情を思い、深くふれることをさけた。御了承を願う」と書きとめた。

かれは、寺井タケヨと会うことを完全に断念した。

二

「樺太終戦ものがたり」の連載は、昭和四十年十二月五日、二七七回を最後に終了した。十カ月にわたって発表されたその連載を終えた時、かれは故郷でもある樺太の終戦時の混乱を執拗に追い求めて記録に残したという満足感にひたった。かれは、最終回の原稿を書き終えた夜、札幌市内を夜明け近くまで飲み歩いた。

かれは、翌日から再び社会部記者として社会面記事の取材に専念するようになった。連載の名残りとしては、かれの手もとに「樺太終戦ものがたり」の分厚いスクラップが一冊残されただけであった。

連載が終ってから五年たった昭和四十六年六月中旬、かれは深谷勝清という北海道のテレビ局のディレクターの訪問を受けた。

深谷は、ラジオのドキュメンタリー番組専門のディレクターであったが、テレビ部門に転属になり、終戦の日に放映予定のドキュメンタリー番組を初仕事として構成することになったという。当然戦争に関係したものを放映する企画を立てたが、適当な素材が見当らず、「樺太終戦ものがたり」の執筆者である金子記者に樺太戦関係の素材を教示してもらうためにやってきたのだ。

金子は、かすかな当惑をおぼえた。北海道には金子の勤務する新聞社と競合する有力紙があって、テレビ局もその系列にしたがって二局あるが、深谷の所属するテレビ局は、その競争紙の新聞社の系列下にある。つまり競争紙関係に素材を提供することになる。

しかし、深谷とは取材先で何度も顔を合わせた間柄であり、ジャーナリスト同士のよしみで協力すべきだと思った。

金子は記憶をたどりながら、

がある」

「『樺太終戦ものがたり』を書いた記録の中で、どうしても埋まらなかった部分

と、深谷に告げた。

深谷は眼を光らせ、

「その部分を私に埋めさせてもらえませんか」

と、言った。

金子はうなずくと、大平炭鉱病院勤務の看護婦集団自決事件のことを口にし、それを記述したスクラップもみせた。そして、小樽市北生病院に勤務する寺井タケヨが生存者の一人であるが、取材できなかったことを打明けた。

深谷は、その秘話に強い興味をいだいたらしく、何度も礼を言うと社を出て行った。

金子は、深谷の態度から考えて看護婦集団自決の全容があきらかにされるのではないかと思った。金子の場合は取材対象が広範囲にわたっていて、しかもそれをただ一人で調査に当った。が、深谷の場合は、集団自決のみに焦点をしぼり、テレビ局としての機動性を十分に発揮して取材に多くの費用もつぎこむことができる。

かれは、深谷の動きに期待をいだくとともに、ジャーナリストとして貴重なものを譲り渡してしまったような淋しさも感じた。

かれにとって、落着かない日々が過ぎていった。かれは、深谷の取材活動がどのような成果をあげているのか知りたかった。

八月に入ると、札幌市内には観光客の群が数を増して、車の往き来もあわただしくなった。と、八月十日頃、社に深谷がたずねてきて、取材結果を伝えてくれた。かれが予想していた通り、深谷は集団自決の生存者数名に会って、その全容を確実に探り出していた。

深谷は、取材の手初めに小樽市に赴いて寺井タケヨから話をきき出そうと思った。が、タケヨは非番であったので、北生病院の事務員から彼女のアパートをきき、その部屋のドアの前に立つと、丁度買物に出てきた彼女と顔を合わせた。

「どんな女でした」

と、金子はたずねた。

「色白の、気性の強そうな顔をした人でした」

深谷は、金子の質問に答えた。

深谷は、タケヨに訪問の目的を説明し、

「取材させて欲しい」

と、頼みこんだ。

寺井タケヨの顔は一瞬青ざめ、

「いやです」

と、冷ややかに言った。

深谷は、ひるまなかった。自分には戦場経験はないが、戦争がどのようなものであったのか現在の日本人に深く考えさせる機会をあたえたい。過去のいまわしい記憶を思い起すことは苦痛だろうが、死んでいった多くの人々のためにもぜひ取材に応じて欲しいと懇願した。

しかし、タケヨはそれきり口をつぐみ、顔を伏せたまま質問に答えようともしなかった。

深谷は、タケヨに口を開かせることは不可能だとさとって、

「他の生存者の消息だけでも教えて下さい」

と、言った。

タケヨはしばらく黙っていたが、

「江別市に高川うら子さんという人がいます。看護婦ではなかったのですが、病院の近くにいた人で私たちとも親しくつき合っていたので、だれかの消息を知っているかも知れません」

と、低い声で答えた。

深谷はアパートを辞して帰社したが、せっかく生存者と会いながら取材できなか

ったことに苛立った。そして、課長の佐山に経過を説明し、

「やむを得ませんから、かくし撮りでもしてみようと思うのですが……」

と、言った。しかし、佐山は、

「そんなにいやがっているのなら、やめた方がいい。テレビは、人を殺しかねないからな」

と、はやる深谷を制した。

深谷は、寺井タケヨを追うことを断念し、彼女の口にした言葉をたよりにすぐに江別市に赴くと、電気器具商の主婦になっている高川うら子に会った。が、彼女は金子の取材も受けていた女性で、看護婦の消息については知らなかった。しかし、深谷がなおも質問をつづけると、東京都練馬区に住む佐藤杉子という女性が看護婦たちと特に親しかったので、なにか知っているかも知れないと教えてくれた。

深谷は、それに力を得て佐藤杉子に電話で連絡をとってみると、生存者の看護婦の一人が倶知安《くっちゃん》町の学校の教師夫人になっているらしいという返事を得た。

かれは、その指示にしたがって倶知安町の学校に次々と電話をかけたが、或る高校の事務員が、

「そう言えば東先生の奥さんが、たしか樺太の炭鉱病院で看護婦として働いていたときいている」

と、電話口で答えた。

深谷は、早速その日倶知安町に車を走らせた。そして、東家を訪れて夫人のトシ子に会って取材目的を口にすると、彼女も寺井タケヨと同じように顔色を変えた。

「話をしてください」

深谷は頼みこんだが、私が初めにお話するのはいやだとトシ子は言い、それからは頭をふりつづけて質問に応じようとはしない。

深谷は、それなら最初にこのことを話す立場にある生存者の住所と氏名を教えて欲しいと頼むと、トシ子はしばらくためらった後に、

「日高の節婦《せっぷ》に、鳴海寿美さんがいる」

と、教えてくれた。

「その鳴海という人は、話してくれたのかね」

と、金子記者は、深谷の顔を見つめた。

「最初はどうしてもいやだと言って、話をしてくれませんでした。でも、しばらく考えていましたが、さとることがあったのか少しずつ口を開きはじめました。しかし、カメラのライトをつけると、口を閉ざして顔をそむけましてね。それに自決した人の名が出る度に泣きむせんで、話をきくのに手まどりました」

深谷はその折のことを思い出したのか、眼をうるませた。が、急に事務的な表情

にもどると、

「実は、私の局では終戦の日の八月十五日午後四時から特別番組としてこの事件を放映しますが、その前に金子さんの社で記事にして下さって結構です。この素材は、金子さんからもらったものですからね」

と言って、笑った。

金子は、借りを返すというわけか、と頰をゆるめた。深谷が同系列の競争紙に流さず、自分に伝えてくれたことが嬉しかった。

さらに深谷は、鳴海寿美以外に青森県八戸市に住む角田（旧姓今谷）徳子という生存者をたずねたことも口にした。そして、その女性から取材したテープレコーダーのテープをきかせてもよいと言った。

金子は、その申し出に感謝し、夕方社務が一段落ついてから、深谷の局に赴いて未編集のテープをきいた。

録音機がまわりはじめると、深谷の質問する声につづいて女の声が流れ出てきた。それは、驚くほど澄みきった美しい声で、言葉には豊かな情感がこめられている。女の声はしばしば跡切れたが、それは嗚咽《おえつ》を必死にこらえているからであった。

金子は、メモ帳に鉛筆を走らせた。

三

今谷徳子は、当時十六歳で大平炭鉱病院に勤務してから二年しかたたぬ若い看護婦であった。

看護婦は、三十三歳の高橋ふみ子婦長を最年長に十代から二十代の者二十三名で、全員が寮で起居を共にしていた。

八月九日、ソ連参戦によって樺太は戦場と化し北方地域からの避難民が大平の町に流れこみ、その後も南下する列がつづいた。銃爆撃で傷ついた者たちも多く、それらは大平炭鉱病院にかつぎこまれてきた。院長は応召し医師もいなかったので、それらの負傷者の手当は、すべて彼女たちの手に託された。

同月十五日、天皇の終戦を告げる放送があったが、樺太に終戦はなかった。翌十六日未明、大平の町はソ連機の激しい銃爆撃にさらされ、さらに北西方にある塔路にソ連軍が上陸し、塔路の住民が大平になだれこんできた。大平炭鉱では、所員に避難命令を発し、かれらは白雲峡をぬけて内恵道路を東へ向って去った。そして、炭鉱病院に収容されていた百名近い軽傷者たちも、午後になると東方へ後送されていった。

避難民の群が充満し銃爆撃の音につつまれていた大平の町は、その日の夕方近くになった頃には人影も絶えていた。

徳子は、無人の町に恐怖を感じた。北方からは砲弾の炸裂音や銃の連射音がするだけで、町の中は静まり返っている。町に残っているのは、自分たち看護婦二十三名と壕の中に横たわった重傷者八名のみであるようだった。

徳子たちは社命で避難せねばならなかったが、看護婦としての責務上から八名の患者を放置することはできなかった。そうした徳子たちに患者たちは、

「早く逃げて下さい。若い女であるあなたたちを犠牲にはできない。早く逃げて下さい」

と、苦痛に堪えながら口々に叫んだ。しかし、高橋婦長は、患者たちの忠告を無視して避難準備もせず治療に専念していた。

十六歳の徳子は、婦長の毅然とした態度を理解しながらも恐怖が一層つのるのを意識していた。ソ連機が避難民に銃撃を浴びせかけていることから考えても、進攻してきたソ連兵が自分たちを凌辱し、殺害する可能性は高い。患者たちは、そうした事態の起ることを予想して避難することをすすめているのだ。

砲撃音が近づくにつれて、平静だった婦長の顔も徐々にこわばってきた。若い看護婦たちを危険にさらしたくないという気持と、重傷患者を置き去りにしてはならぬという意識が激しく交錯していることはあきらかだった。

西日が輝きはじめた頃、不意に藤原ひでが壕内に走りこんでくると、

「敵です」

と、叫んだ。三キロほどはなれた山肌にソ連兵の散開する姿がみえたという。

「早く逃げろ、逃げるんだ」

重傷患者たちが、一斉に叫びはじめた。

婦長のまわりに、重だった看護婦たちが走り寄った。彼女たちの意見は、すぐにまとまった。ソ連兵も重傷患者たちに危害を加えることはないだろうし、自分たちも一応責任は果したので社命にしたがって退避しようということに決した。

婦長は、悲痛な表情で重傷患者に十分な食糧と薬品を配布するよう看護婦たちに命じた。徳子たちは、患者たちを置き去りにする後ろめたさを感じながらも、涙ぐみながら指示されたものを配って歩いた。患者たちは、一言も発せず眼を閉じていた。その間、婦長と副婦長の片山（現姓鳴海）寿美、石川ひさが劇薬類やメス、包帯、ガーゼ類を鞄につめこんでいた。

すでに日は没していた。周囲には砲弾の炸裂する火閃《かせん》が絶え間なくあがり、銃撃音も連続的にきこえてくる。二十三名の看護婦たちは、点呼を終えると患者たちに目礼し高橋婦長に引率されて壕をぬけ出た。そして、一団になって無人の大平の町を南へ向って走った。

彼女たちは、やがて武道沢の細い道に出た。星が空に散っているだけで、あたりは深い闇につつまれている。彼女たちは、互いにはげまし合いながら山路を南へと急いだ。

午前零時をまわった頃、突然路の前方に数名の人影があらわれた。彼女たちは、恐怖におそわれて立ちすくんだが、近づいてきたのは家族連れらしい避難民で、先頭に立った男が、

「だめだ。この先にソ連兵がいる」

と、ふるえを帯びた声で言った。そして、あわただしく道をはずれると、樹林の中に消えていった。

徳子たちは、婦長のまわりに身を寄せ合った。避難の時機を逸して、ソ連兵に退路を遮断されてしまったらしい。彼女たちは、路上に立ちつくして前方の闇を見つめていた。

その直後、闇の中からかすかなエンジン音の湧き上るのがきこえた。起伏のある地上を車が進んでいるらしく、その音は高低を繰返しながら次第に近づいてくる。

高橋婦長が灌木の茂みに走りこんだので、徳子たちもその後を追って草叢《くさむら》に身を伏した。

前方に眼を据えていると、星の淡い光に黒い逞しいものが樹林の端に浮び上った。

それは装甲車らしく、突き出た砲身が樹間を見えかくれしながら左方向に動いてゆく。その後から数十名の兵の列が、静かにつき従って移動してゆくのも見えた。

やがて車と人影が闇の中に没すると、灌木の茂みの中から人のかすかなざわめきが湧き上った。徳子たちは、愕然として周囲の闇をうかがった。その樹林の中には、逃げ遅れた一般人が所々にひそんでいたのだ。

「露助の兵らしい」

という低い声が、徳子たちの耳にも伝わってきた。塔路に上陸したソ連兵が、早くもその附近一帯に進出してきていることはあきらかだった。

徳子たちは、高橋婦長のまわりに這い寄った。徳子にとって十七歳も年上の婦長は、思慮にもたけた頼り甲斐のある存在に思えた。

婦長の表情はかたかった。身じろぎもせずしきりになにか考えこんでいるようだったが、闇に据えられたその眼の光に婦長が一つの決意をいだきはじめているのを感じて、徳子は身をふるわせた。

徳子は父に付添われてはじめて病院を訪れた時、婦長が父に言った言葉を思い起していた。婦長は、「たしかにおあずかりしました。娘さんを立派な看護婦に仕上げて必ずお返しいたしますから御安心下さい」と、言った。その後、新任の看護婦がやってきた時も、婦長は同じ言葉を繰返していたが、ソ連兵に包囲されてしまった状況では、婦長としても徳子たちを無事に親もとに返す望みは失われている。婦長が、副婦長の片山寿美と石川ひさを呼ぶと三人でなにか話しはじめた。婦長の言葉に、片山と石川が頭を垂れて無言でうなずいているのがみえた。

しばらくして婦長が、片山と石川を連れて徳子たちの傍にやってくると、

「これから歩いて行っても、無事に逃げられるかどうかわからない。むしろ敵につかまって惨めなことになる公算の方が大きい。私にも、あなた方若い人たちを守ってゆける自信がなくなった。あなたたちを、きれいな体で親御さんにお返しすることはできそうにもない。実は、片山さんと石川さんに相談したのだが、日本婦人らしく一緒に潔《いさぎよ》く死のうということにきまったが、あなたたちもついてきてくれるか」

と、沈痛な口調で言った。

徳子は、その言葉に恐怖を感じない自分が不思議に思えた。むしろ婦長の申し出は予期した通りだという気持が強かった。彼女は、数日前から病院に運び込まれてくる多くの負傷者のことを思い浮べていた。手足のちぎれた者もいたし、内臓をはみ出させた者もいた。肉を吹きとばされ骨の露出した顔で呻き声をあげている少女もいて、徳子は傷ついた者の惨めさを身にしみて感じていた。

このまま逃避行をつづければ、やがては自分も負傷するにちがいない。たとえ負

傷もせず生きのびることができたとしても、ソ連兵にとらえられれば、かれらの手で自分の体は玩具のように弄《もてあそ》ばれるにきまっている。

徳子の胸には、自分をはじめ婦長以下看護婦たちがソ連兵に追われて逃げまどい、次々に肉体を犯されてゆく光景が浮び上った。

「ついてきてくれる？」

と、再び言った婦長の言葉に、徳子は他の同僚とともにうなずいていた。

婦長が私物を入れた風呂敷を置いて、樹林の奥によろめくような足どりで歩き出した。徳子も手荷物を捨てると、同僚たちと婦長の後を追った。

まばらな雑草の生えるゆるい傾斜を、彼女たちは寄り添うように上っていった。体には激しいふるえが起っていたが、死の恐怖は依然として胸に湧いてこない。むしろ同じ職場で働いてきた者たちと共に死ねることは幸いだ、と思った。

丘の上に、枝葉を逞しくひろげた太い楡《にれ》の木が立っていた。

婦長は、梢を見上げるようにするとその樹の下で足をとめ、腰を下ろした。

徳子たちは、無言で婦長のまわりに坐った。彼女たちは、頭を垂れたり、淡い星の光の散る夜空を見上げたりしている。時折り北方で炸裂する砲弾の火閃が、樹の梢を明るくさせていた。

「一緒に死にましょう」

婦長の声に、看護婦たちは眼をあげた。だれからともなく櫛で髪の乱れを直し、同僚の髪にも互《たがい》に櫛を当てた。徳子には、同僚の顔がひどく美しいものに感じられた。

婦長が、「君が代」を低い声で歌い、徳子たちもそれにならった。徳子は、歌いながら熱いものが眼から溢れ出るのを意識した。親兄弟のことが思われた。親孝行もせぬのに死ぬのかと思うと、嗚咽が咽喉元につき上げてきた。

国歌が終ると、「海ゆかば」が歌われた。体が冷えてきて、徳子は、日本人らしい死に方をしたいとしきりに自らに言いきかせていた。

別れの挨拶が、所々ではじまった。親しかった者同士が、互に肩を抱き合っている。

徳子の傍に、丸山貞子という先輩の看護婦が這い寄ってきた。丸山は仕事にきびしい看護婦で、徳子も手厳しく叱られたことがあった。そのことが気になったらしく丸山は徳子の手をにぎると、叱ったことを何度も詫びた。

徳子は、夜気がひどく澄みきっているのを意識した。過去の勤務中に味わったいまわしい記憶も拭い去られ、二十三名の看護婦たちが完全に気持も一致して純化されているのを感じた。

だれからともなく、徳子に「山桜の歌」をうたって欲しいという声がもれた。徳子は美声で、寮でもよく歌を口ずさんでいた。殊に副婦長の石川ひさに教えられた「山桜の歌」が好きだった。

徳子は、それが訣別の歌になることを意識しながら、星空を見上げて歌いはじめた。

山ふところの山桜
一人匂える朝日影
見る人なしに今日もまた
明日や散りなん　たそがれに

徳子の声に、他の者の声も加わって低い合唱になった。

歌が終ると、彼女たちの間に深い静寂がひろがった。徳子は、その気配に死を迎える儀式がすべて終ったことを知った。

婦長の傍に副婦長の片山寿美と石川ひさが近づき、風呂敷で光が洩れぬようにおおってローソクに火をともした。そして、その光の下でタビナール、パントポン、カルモチンなどを薬包紙にわけ、注射薬の準備をしメスを揃えた。

徳子は、同僚たちと無言で樹木のまわりに身を横たえた。

自決が、婦長の手ですすめられていった。一人々々に注射針が刺しこまれ、水筒の水で睡眠薬が多量に服用された。が、それだけでは蘇生の可能性もあったので、婦長が手にしたメスで手首の血管を切っていった。

徳子の意識は、うすれた。その眼にメスを手にした婦長の顔が近づくのがみえた。婦長は自ら切ったらしく、その手首からはすでにかなりの血が流れ出ていた。

「ここに手を置いて」

婦長が、自分の膝を指さした。

徳子は、手を婦長の膝の上に置いた。鋭い痛覚が走った。瞬間的に、彼女は手をひいた。

「今谷さん、だめじゃないの。しっかりしなくちゃ」

婦長の厳しい声に、徳子は再び手を婦長の膝にのばしていったが、その直後彼女は自分の体に濃い闇がのしかかってくるのを感じていた。

意識のない時間が流れた。

徳子は、重苦しい夢の中にいた。咽喉が乾き、水を飲もうとあせっている。水が欲しい、と叫びつづけているが、自分を包みこむ深い闇の中に人の気配はない。

不意に顔が強い熱気にさらされているのを感じて、彼女は眼を開けた。透きとおった青い空がみえた。なんという美しく澄んだ空の色なのだ。徳子は、死の世界に身を置いているのだと思った。が、顔に感じられる熱さが太陽の眩《まぶし》い光だと気づいた時、自分が生き返ったことをぼんやりと意識した。

彼女は身を起そうとしたが、頭が土にはりついたように動かない。

彼女は、顔を動かして傍を見た。十七歳の佐藤春江が眼をとじ、身を横たえている。朦朧《もうろう》とした意識の中で重い手をのばし春江の体をゆすったが、その手にふれた体はすでに冷えきっていた。

彼女は、愕然として眼を大きくひらいた。同僚たちと死を企てたのに、自分だけが生き返ってしまったらしい。

ふと、かすかな呻き声がきこえた。その方向に顔を向けると、寺井タケヨが身もだえしている。

「寺井さん、あんた、一体どうしたの」

徳子は、かすんだ眼でタケヨを見つめるといぶかしげに声をかけた。

「それがねえ、動けなくなってねえ」

か細い声が、地底からきこえるようにその口からもれた。

徳子は、看護婦としての職業的習性で寺井の身を気づかい、全身の力をふりしぼって雑草の上を這うと、寺井の体に近づいた。寺井は薬物を嘔吐したらしく、傍の土が汚れていた。

「寺井さん、苦しいのね。よくないねえ」

徳子は、顔をしかめた。

その時、彼女の眼に三人の同僚が這い寄ってくるのがみえた。彼女たちの顔に血の気はなく、その手は乾いた血におおわれていた。

不明瞭な発音で、彼女たちは言葉を交し合った。二十三名中五名が生き返ったらしいが、それは彼女たちにとって不本意なことであった。死んだ方がいい、と彼女たちは、口々に言い合った。

徳子は、土におかれた包帯を拾うとそれを首に巻き、力をふりしぼって首をしめた。意識が徐々にかすんだが、同時に手の力は失せて包帯がゆるむ。そんなことを何度も繰返したが、そのうちに力もつきてしまった。

徳子は、死にきれぬ自分が情け無かった。涙が流れ、彼女は土に身を伏していたが、そのうちに激しい渇きを感じはじめた。彼女は、少しはなれた所に赤茶けた水が光っているのを眼にした。それは馬の通った蹄の跡にたまった雨水だった。

彼女は、くぼみに這い寄ると水をふくんだが、激しい嘔吐におそわれた。頭の中に炭酸水の気化するような音が満ち、彼女は再び意識を失って突っ伏した。

彼女たちが近くの佐野造材の従業員に発見されたのは、自決をはかってから三十時間以上もたった八月十八日の朝であった。

絶命していたのは婦長の高橋ふみ子、副婦長石川ひさ（二十四歳）、看護婦の久住きよ子（二十二歳）、真田かずよ（十九歳）、佐藤春江（十七歳）、瀬川百合子（十六歳）の六名で、他の十七名は奇跡的にも生存していた。が、救出された看護婦たちは、一人の例外もなく睡眠薬の注射・服用と手首からの激しい出血で衰弱しきっていた。殊に藤原ひで、坂本キミヱの二人は、意識を回復した後自分でメスを手首に突き立てたらしく、四筋の切傷があって出血も多く重体だった。彼女たちは、佐野造材の人々に抱き上げられても、放っておいてくれと丘から下りることを拒んだ。が、造材所の男たちは、その懇願を黙殺して彼女たちを背負うと丘をくだっていった。

すでに附近一帯はソ連軍の占領地域になり、日本軍との間に停戦交渉も開始されていた。そして、八月二十五日、南樺太の日本軍は全員武装解除を終り、その地区の戦火はやんだ。

十七名の看護婦たちは、六名の同僚の遺体をひそかに荼毘《だび》に附し、形ばかりの葬儀もおこなった。その席に、高橋婦長の父がやってくると、

「私の娘が死んでくれて本当によかった。責任者として生きていて欲しくなかった」

と、涙ぐみながら挨拶し、看護婦たちは肩をふるわせて泣いた。

生き残った看護婦たちは食事もとらず、泣きつづけていた。手首には包帯が巻きつけられ、蘇生後縊死をはかった者の首には青い痣《あざ》がはっきりと印されていた。

彼女たちは、骨箱を胸に抱いて、避難していた一般人とともに大平の町へもどり、病院で勤務するようになった。ソ連軍は町の中へ入ってきていたが、彼女たちが自決をはかったことをいつの間にか知ったようだった。かれらは、手首に白い包帯を巻いている彼女たちに畏怖を感じるらしく、近づくことも声をかけることもしなかった。

一カ年が過ぎ、高橋婦長ら六名の自決者の命日がやってきた。

徳子たちは、片山副婦長に連れられて花や線香を手に武道沢から樹林に入って自決場所の丘に向った。丘の頂にある楡の大樹は一年前と同じように枝葉を逞しくひろげていたが、その樹の下に近づいた徳子たちは、附近の光景が一変しているのを眼にして立ちすくんだ。一年前、樹の下にはまばらな草しか生えていなかったが、その周囲には身の丈を越すような雑草が生い繁っている。

徳子は、自分たちの流した多量の血が土を肥やし、雑草を繁らせているのにちがいないと思った。

四

金子記者は、翌朝社の車で日高の節婦に向った。そこには、石川ひさとともに副婦長の地位にあった片山寿美がいる。寿美は、救出された後、佐野造材の従業員鳴海竹太郎と結婚し、昭和二十二年七月に北海道へ引揚げてきた。彼女は、生存者中の最年長者であった。

寿美の家を訪れた金子は、その家のあまりのひどさに呆然とした。それは人家と呼ぶには程遠い三畳間ほどの広さしかない板張りの小舎であった。

寿美は、自決という過去の記憶の中に生きていた。自決の日から二十五年間、五十二歳になった彼女の生活は、手首の記憶から断ち切れないでいる。

「私は、あの時死んだ方がよかったのだと今でも思っています」

と、寿美は、低い声で言った。

彼女は、救出された後、六名の自決者の遺骨を遺族に返すまでは責任者として生きていなければならぬと思った。彼女は、激しい自責の念に苦しんで日を過した。十年勤務という経歴をもつ老練な看護婦である彼女は、確実に死を受け入れる知識をもっているはずであった。薬物の量と手首の切開度による出血量の多寡《たか》によって、自らの命を断つ方法を知悉《ちしつ》しているはずであった。が、彼女は死から脱れ出た。それは、彼女にとって不本意な蘇生であった。彼女は、看護婦としての自分を羞じた。生き残ってしまったことは、自分の内部に気持のひるみがあったからではないのだろうか。少くとも第三者にそのように解釈されても仕方がない。

寿美は、遺骨がすべて遺族に手渡された日を自殺の日とかたく心にきめた。

自決を企ててから二週間ほどたった八月末、彼女は父の訪れを受けた。父は、山中にのがれてから日ソ両軍の停戦を知って恵須取町にもどってきたが、そこで大平炭鉱病院勤務の看護婦が集団自決をとげたことを耳にし、せめて遺骨でも拾おうとやってきたという。

無言で父と会った時、彼女はこの老父のためにもう少し生きてみようと思い直した。

「死のうと思っていながら死にそびれると、もう死ぬことができないんですね。それが私には情けなくて……」

と、寿美は金子に言って、視線を膝に落した。

金子は、寿美が二十五年間自らを苛《さいな》みつづけ、夫の竹太郎も妻の苦しみを理解してひっそりと共に生きつづけてきたことを知った。

寿美は、夫とともに北海道へ引揚げた後、人の眼にふれぬ地で生涯を終りたいと願い、あてもなく日高線の列車に乗り、わびしげな小駅で降りた。

駅の近くに丸太が積まれていてそこで夜を過そうとしたが、雨が落ちてきたので軒先にでも寝かせてもらおうと思い、数軒農家を訪れたが異様な姿をした鳴海夫婦を薄気味悪く感じたらしく、どの家でも拒絶された。そのうちにアイヌの家の戸をたたくと、家人は親切にも小さな物置を貸してくれた。

行先もない寿美たちは、アイヌの人の好意でそこに住みつくようになり、夫は営林署の作業員の仕事を見つけ、寿美は、近所の出産児をとりあげたことがきっかけになって、助産婦として働くようになった。生活は安定するようになったが、彼女は、小舎での生活をやめようとはしなかった。冬には雪が舞いこみ、豪雨があると部屋は水びたしになる。蛇が入りこんでくることもあった。

「私は、生きているのが恥ずかしいのです。私が幸せになったら、死んだ人に申し訳ありませんから……」

寿美は、息を吐くように金子に言った。

部屋の隅には、六人の遺影に加えて二十五年前の片山寿美の写真が飾ってある。彼女は、その折にすでに自分が死亡したと思いこもうとしているのか。現在生きている自分の肉体をその脱け殻だとでも思っているのだろうか。

金子は、寿美の手首に視線を走らせた。寿美は、金子と対している間、茶を淹れる時も話をしている時も手首をかくしていた。が、髪のほつれを直すため手をあげた彼女の左手首にはっきりと刻まれたメスの痕があった。それは、二十五年の歳月を経て、妙につややかな光沢をおびた一条の筋にみえた。

八月十五日の朝刊に、金子の取材した看護婦集団自決の記事は大きなスペースをさいて活字になった。「樺太終戦秘話・うずく自決の傷跡」という見出しの下に高橋婦長以下六名の遺影が並び、うつろな表情をして語る鳴海寿美の写真も掲載されていた。またその日の午後四時から深谷の構成による「白い手首の傷痕」と題するドキュメンタリー番組が、テレビ局から放映された。

金子は、その画面で「山桜の歌」をうたったという角田徳子の顔を眼にした。幼い男児の母になっている徳子は、眼から涙をあふれさせ、しばしば絶句した。その顔を、かれはこの上なく美しいものに思った。

次のシーンでは、鳴海寿美が助産婦姿で狭い道を歩いていた。死の翳と見まがうようなうつろな表情をした寿美が、緑の木立を背景にカメラに向って近づき、そして遠ざかってゆく。夫の鳴海竹太郎が、山道を一人で行く姿もカメラが追っていた。五十年輩の頭髪に白毛のまじった男の顔は、驚くほど目鼻立ちが整い、眼が冴えざえと光っていた。

金子は、純粋な人々が戦時の記憶を胸に秘めながら生きつづけているのを見たように思った。

鳴海寿美から社に電話があったのは、その日の夕方であった。寿美は、「新聞もテレビも見ましたが、お話してよかったのかどうか、今でもわかりません」と言いながらも、遠路をたずねてきてくれたことに礼を言った。そして、死亡した真田かずよさんの弟さんから、この機会に慰霊祭をやりたいという申し出があったことを告げた。

「しかし、正直のところ私は気が進みません。慰霊祭をおこなってさっぱりした気持になりたくないのです。私は、亡くなった六人の方に申し訳ないとお詫びをしながらそっとこの世を去りたいのです。慰霊祭のような派手なことをして人目にふれたくもないですし……」

金子は、受話器の中からきこえてくる寿美の真剣な声に、侘しい小舎に住む寿美夫婦の姿を思った。

かれは、寿美を説得しなければならぬ義務に似たものを感じた。山中に生涯を終えようとしている寿美に、なにか心の救いをあたえるべきではないだろうか。寿美は、北海道に引揚げた後、生き残った看護婦たちと会うことも避け、稀に文通を交しているにすぎない。それは、他の者にも共通していて互に交際することを避けている。

その一人々々が自らの周囲にはりめぐらした壁をつきくずすためには、慰霊祭という行事によって再会し合うことが最も好ましいように思えた。

金子は、「亡くなった方々の供養のためにも……」とか、「遺族からの申し出に協力するのが生き残った者の義務ではないでしょうか」とか熱っぽい口調で寿美を説いた。

寿美は、金子の言葉がとぎれた後しばらく黙っていたが、

「よく考えて、みなさんとも相談してみます」

と答えて、電話をきった。

金子は、寺井タケヨが頑なに取材を拒否しつづけた意味が理解できたように思った。タケヨを支配しているのは、生き残ってしまったという激しい悔いの混った羞恥なのだ。死を受け入れる方法を知っているはずの看護婦である彼女が、蘇生してしまった事実を、死を恐れた怯懦《きょうだ》の結果ではないかと思っているのではないだろうか。そして、鳴海寿美が救出された後、自殺を企てながら果せなかったことに苛立ったと同じように、タケヨも生きつづけていることに憤りに似たものを感じているのだろう。

金子は、小樽市の露地奥に建つアパートの一室で、ひっそりと孤独な生活をつづけているタケヨの姿をしきりに思い描いた。

翌日、寿美から再び電話があった。他の生存者たちとも話し合った結果、遺族の方からの申し出もあるので、明十七日の命日に札幌の護国神社で午後一時から慰霊祭をおこなうことになったという。金子の書いた記事によって生存者十七名中十四名の消息がわかり、慰霊祭には十二名が出席予定だと言った。

「それはよかったですね」

かれは、答えた。

受話器を置くと、かれは社会部長に慰霊祭が催されることを告げ、すぐに取材予定を組んだ。そして、六名の自決者の写真を拡大して額に入れ、護国神社に届けるよう手配した。

翌日、かれは落着かない気分で早目に出社した。

しかし、正午近くになっても、かれは机の前からはなれなかった。時間ですよと、部下に言われたかれは、

「お前が行ってくれよ」

と、若い記者に言った。

記者は、怪訝《けげん》そうな顔をした。

「おれは、仕事があるんだ」

かれが言うと、記者はカメラマンとともに部屋を出て行った。

おれらしくもない、と金子は胸の中で苦笑した。かれは、慰霊祭の光景を想像し、自分には堪えきれぬだろうと思った。冷静な記者だと言われてはいるが、彼女たちの二十余年ぶりに再会する姿を眼にしたら、嗚咽をこらえる自信はない。記者仲間に、自分の涙をみせるのはいやだった。

午後二時を過ぎた頃、護国神社から記者がもどってきた。金子は、その記者の眼が充血しているのを見た。

「どうだった」

金子が、傍の椅子に腰をおろした記者にたずねると、

「取材なんてものじゃないですよ。抱き合って泣いてばかりいるんですから……。次長が行きたくない気持がわかりましたよ。もうあんな取材は二度とごめんだ」

と、穏やかな記者には珍しく乱暴な口調で言った。

記者は、涙ぐんだ眼を見られたくないのか部屋を出て行った。そして、顔を洗ったらしく冷やかな表情でもどってくると、机に向って原稿用紙に鉛筆を走らせはじめた。

寺井タケヨは列席したのだろうか、と金子は思った。記者にただせばすぐわかることだが、それをきくことがなぜかためらわれた。

記者は、原稿を金子の机の上に置くと、椅子に背をもたせて煙草に火をつけた。

鳴海寿美の談話が記され、角田徳子が、「山桜の歌」をうたったことも書かれている。が、寺井タケヨの名は、記事の中に見当らなかった。

「おい、寺井タケヨという人はきていなかったのか」

金子は、たえきれず記者にたずねた。

記者は、

「来ていましたがね、感想をたずねても黙っていましたよ」

と、抑揚のない声で言った。

金子は、うなずくとなれた手つきで原稿に素早く朱を入れはじめた。

鳥の浜

一

北海道増毛《ましけ》町大別苅《おおべつかり》の村落には、うつろな静けさがひろがっていた。

一週間前、村落の者たちは、町役場からの通達で正午にラジオの前に集り、天皇の放送をきいた。天皇の声は雑音まじりでよくきこえず、それに難解な言葉が多く意味はつかめなかった。が、放送が終って間もなく、村落の者たちは、日本がアメリカをはじめとした連合国に無条件降伏したことを知った。それは、役場からつたえられたのか、放送内容を理解した者の口からながれたのか、いずれともわからなかった。

敗戦ということにどのように処してよいのか、かれらには皆目《かいもく》見当がつかなかった。町役場でも途方にくれているのか、なんの連絡もない。町からはなれて孤立している村落の者たちは、放心したように顔を見合わせているだけだった。

かれらが初めて敗戦というものがどのような意味をもつのかを具体的にさとったのは、翌日の午後であった。その日、町役場から村落に、灯火管制の必要はないという通達があった。

かれらは、戦争がはじまってから長い間、乏しい灯火の下で夜をすごしてきた。殊に戦局が悪化してからは、電光を極度に遮蔽《しやへい》することが強く要求され、村落は闇に近い状態になった。敵機の銃爆撃と海上に浮上した潜水艦による艦砲射撃で、各地に甚大な被害が発生しているという情報がつたえられてきて、村落もその目標となることから避けるため、灯火を滅しなければならなかった。さらに増毛町管内の最北端にある雄冬の村落が艦載機による爆撃を受けてから、一層、村落の灯火はきびしく規制されていたのだ。

長い生活慣習であるだけに、村落の者たちは、村役場からの通達を実行することに逡巡し、その夜は、わずかな淡い灯がもれただけであった。

しかし、日を追うにつれて灯火の数は増し、やがて、村落には点々と灯が散るようになった。かれらの眼には、家々からもれる灯がこの上なくきらびやかなものに映った。かれらは、ようやくその灯火の明るさに、敵機も敵潜水艦も来襲してこないのだということを、実感として感じとった。

その頃、村落には、終戦にともなう情報が少しずつ流れこむようになってきた。陸海軍人の復員がはじまり、その輸送で道内は大混乱を呈しているというし、米軍の進駐もはじまったという。村落の働き盛りの男たちはほとんど軍籍に編入されていて、村落には老人や女子供しか残されていなかった。それらの男たちが村落にももどってくることを知った各家の者たちは、かれらの帰郷を待ちこがれるようになった。

しかし、村落の属する増毛町は、中央から遠くはなれていたため、戦時下の組織がそのまま残されていた。敵機、敵潜水艦の発見を目的とした監視哨が高所に建てられていて、哨戒員が常駐し、三八キロの長さをもつ海岸の三カ所に在郷軍人による沿岸警備隊も配置されていた。

敗戦は、村落の者たちに精神的な打撃をあたえたが、将来に対する生活上の不安はなかった。他の地区が例外なく食糧不足になやまされていた中で、増毛町一帯は、必要量だけの食糧には恵まれていた。それは、例年三月から沖合に姿をみせる鰊《にしん》のおかげであった。

昭和十六年、村落に奇蹟が訪れた。前年まで不漁だった鰊が、早春から大挙して沿岸一帯に押し寄せ、その漁獲量が、前年の八十倍にも達する大豊漁になったのだ。

鰊の群れは、沖合から蛇行するように海岸線に近づいてきた。海の色は、白っぽく変化した。それは、海面からせり上げられ日光にさらされて干からびた鰊の腹の色で、鰊は、それらの干物に化した鰊の死骸を押し分けながら殺到してきた。村落は思わぬ豊漁に沸き立ったが、その量は年々増加し、終戦の年には増毛始まって以来の漁獲量を記録した。

鰊の量が余りにも多いので、網の裂ける事故が続発し、海岸には鰊が山積した。が、戦局の悪化にともなう輸送力の減退で発送も思うにまかせず、腐敗した鰊をやむなく沖合に捨てて処分しなければならぬ状態だった。

鰊は、大別苅をふくむ増毛の町に多くの恩恵をもたらした。監督官庁は、貴重な食料であり農耕肥料でもある鰊の増獲を奨励し、発動機漁船用の燃料をはじめ漁具等を優先的に特配した。また鰊と交換に農作物入手も黙認したので、食料に窮乏することはなかった。村落には、五月下旬に漁期を終えた鰊の匂いがしみついたまま残されていた。

海上に出ている漁船の数も少く、海岸に人の姿もない。ただ、村落の空には、おびただしい鳥の群れが舞っているだけであった。

鳥は加工場から排出される鰊をはじめとした魚類の臓物をあさっているため、羽の色艶もよく、体も肥えていた。鳥の群れは、村落の背後にせまる岩山に巣をつくって、海岸や家々の屋根に羽を休めていた。

二

昭和二十年八月二十二日午前四時二十分頃、大別苅の村落は、突然起ったすさまじい轟音につつまれた。家々のガラス窓は、音を立てて震動した。

はね起きた者たちは、耳をすました。

音響は、背後の岩山の方向で鳴響し合い、やがてそれも消えると、再び深い静寂がもどった。音は爆発音のようで、沖合の方向からきこえてきた。

終戦を迎えてから一週間しか日を過さぬかれらには、戦時下の心理状態がそのまま残されていた。海上からとどろいてきたその音響は、戦闘行動に類した不穏なものに感じられた。

村落の者たちは、電灯をつけることは危険だと気づいて、闇の中を手さぐりで家の外に出た。その時刻には夜空も白みはじめているはずだったが、雨雲がたちこめ小雨も降っていて、海上は漆黒の闇であった。

かれらは、雨を避けて庇《ひさし》の下に身を入れ、おびえたように海の方向を見つめた。中には、夜明けも近いので家の中に入って、寝巻を衣服に着がえる者もいた。

爆発音がしてから十分ほどした頃、かれらは、沖合からはじけるような音がつづいて起るのを耳にした。かれらの顔に、不安の色が濃くなった。それは、機銃弾の発射される音らしく、一時《いっとき》絶えると、また二度、三度とつづいて起った。村落の者たちは、激しい不安におそわれて家族を起し、海上を凝視しつづけた。

夜が、白々と明けてきた。小雨は降りつづき、海上には濃い霧が立ちこめている。海上に突き出た岩山の頂きは、霧につつまれて見えなかった。

あたりがさらに明るんで、断崖にくだける波のしぶきが白々と浮き出てきた。その頃、海上を注視していた村落の者たちは、海面を流れる霧の中から、一隻の大型ボートが船体をにじませながら姿をあらわしてきたことに気づいた。

ボートは、波のうねりに上下しながら、せまい海岸に舳《へさき》を向けて近づいてくる。ボート上には、思いがけぬほど多くの人の姿がみえ、やがて、舳を浜にのし上げると、連れ立って海岸に上ってきた。

村落の者たちは、家の中からかれらの姿を見つめた。予告もなく上陸してきた数十名の者たちが、為体《えたい》の知れぬ闖入《ちんにゆう》者のように思えた。

その人の群れから声が起った。村落の者を呼んでいるらしく、人家の方に顔を向けてなにか叫んでいる。

老漁師が、意を決したように家を出ると海岸へおりて行った。漁師の眼に、異様な服装をした人々の姿がみえた。洋服を着ている者がいるかと思えば、長襦袢のような衣服をつけている者もいる。中には、毛布に身をつつんでいる者もいた。

一人の若い男が近づいてくるのに気づいた漁師は、足をとめた。男は、顔をひきつらせて漁師の前に立つと口をひらいた。が、その男の言葉は、漁師に理解することができなかった。

漁師は、きき返した。男が、再びなにか言った。漁師は、ようやくその言葉の中に「オガサワラ」と「シナミン」という言葉をききとった。

漁師は、釈然としなかったが、うなずくと人家の方へ引返した。たちまち、かれのまわりに村落の者が集った。

かれらは、漁師の口にする「オガサワラ」と「シナミン」という言葉について思案した。

「オガサワラ」という言葉からは、自然に小笠原島という島名が浮び出たが、「シナミン」という言葉の意味がつかめなかった。

突然、一人の男が、

「支那人ではないか」

と、顔をこわばらせて言った。シナミンの「ミン」は民、つまり支那人ではないかというのだ。

漁師たちは、顔を見合わせた。北国の海岸に土着するかれらにとって、小笠原島は南海にある遠い未知の島であった。上陸してきた者たちの異様な服装は、小笠原の風俗とも思えた。

「小笠原島からきた支那人だ」

漁師の一人が、叫んだ。

村落の者たちは、顔色を変えた。終戦を迎えたとは言え、一週間前まで中国と日本は交戦国であった。夜明けに突然、大型ボートで上陸してきた者たちが、中国兵であると解釈することは、村落の者たちにとって、それほど不自然ではなかった。

漁師たちは、恐怖に顔をひきつらせて村落の中に散った。たちまち、村落は騒然となった。老人や女子供は山中へ避難させることになり、別苅に配置されている沿岸警備隊詰所に電話がかけられた。

その報告を受けた警備隊では、ただちに増毛町役場援護係に、

「大別苅に支那兵が敵前上陸してきた」

と、電話で報告した。

増毛町の警備隊長も兼任している町長尾谷清四郎は、その旨を増毛警部補派出所に報告するとともに、同町沿岸の三カ所に配置されていた全警備隊に緊急出動命令を発した。

増毛町沿岸警備隊に出動命令が出たのは二度目で、第一回目は七月初旬、小樽市方面にアメリカ艦載機群による空襲があった翌日であった。

その折の空襲で、艦載機の一機が損傷を受けて海上に不時着、乗員三名が脱出に成功した。かれらは、機内に搭載されていたゴムボートで漂流していたが、それを増毛町の漁船が発見した。漁師たちは、飛行士たちを捕えようと接近した時、飛行士がピストルを発射した。その一弾が漁師の一人に命中し重傷を負ったので、漁師

たちは漁船をボートに激突させ櫂《かい》で殴りかかった。飛行士たちは身の危険を感じて海中に飛びこみ、海岸にむかって泳いだ。その途中、一人は海中に没したが、他の二人は海岸に泳ぎつき、天狗岳に逃げこんだ。

警備隊がただちに出動して山中に分け入り、疲労しきって抵抗する気力もなくなった二人の飛行士を捕え、急行してきた憲兵隊員に引渡した。かれらは、目かくしをさせられ増毛の町に連行されたが、その姿を眼にしようと人の群れが路上にあふれ、増毛町はじまって以来の人出になった。

その折は、対象が米軍飛行士二名であったが、大別苅村落の海岸に上陸してきた中国兵は数十名もいるという。警備隊といっても竹槍を所持しているだけで、中国兵と戦闘を交えるなどということは不可能であった。

しかし、緊急事態の発生で、各警備隊は大別苅にむかって急ぎ、町役場からも援護係主任大井九一、厚生係主任西川勝二、兵事戸籍係村上武広らが現地へむかうことになった。

その準備をしている時、大別苅村落の警備を担当している別苅警備隊長川向市太郎から役場に電話がかかってきた。川向は、意外な事実を伝えてきた。

「別苅にボートで上陸してきたのは、支那兵じゃありません。沖合で遭難沈没した小笠原丸という船の生存者です」

と、かれは言った。

かれの話によると、老漁師と話をした船の船員は長崎県生れで、漁師には理解できぬ言葉を使い、その上、寒気のため歯の根が合わず、不明瞭な言葉しか発することができなかった。

「オガサワラ」とは船名で、「シナミン」とは、同船に便乗していた樺太からの「避難民」をききまちがえたものだという。

町長をはじめ吏員たちは、川向の報告に安堵し、警部補派出所や警備隊に訂正の連絡をした。

しかし、大別苅沖合で沈没事故が発生したことは、町にとって大きな事件であった。

町長は、援護係主任らを現場に急行させるとともに、漁業組合に油を特配して、全発動機漁船に救難のための出動を要請した。

大別苅に急いだ吏員は、遭難者たちの収容されている丸山文之進所有の鰊漁の番屋におもむいた。すでに婦人会員によって火がたかれ、衣服をあたえられた者たちが、囲炉裏をとりかこんでいる。女や子供の姿もまじっていて、中には身を横たえて呻いている者もいた。人数は六十二名で、その中には女性十一名、少年三名がふくまれていた。

大別苅では十分な手当もできないことに気づいた吏員たちは、消防車の出動を依頼した。そして、かれらを増毛町に運び、町内の潤澄寺に二十五名、願王寺、天真寺、白毫寺の三寺にそれぞれ十一名を収容、衰弱のはげしい四名の者を増毛病院に入院させた。

入院者の中には、山口幸子という三十一歳の婦人がまじっていた。幸子は、六歳の長男と三歳の長女を連れていたが、船の沈没時に二人の姿を見失い、しかも臨月の身であった。

幸子は、うつろな眼をして、

「子供は、子供は」

と、うわごとのようにくり返し叫んでいた。

生存者の中に幼児はいなかったが、医師や看護婦は、

「心配ない。助けられて元気でいる」

と、はげましつづけた。

その夜、幸子は陣痛を起したが、出産した胎児は死亡していた。

生存者の中には小笠原丸乗組員三十五名、中村秀雄上等兵曹を長とする警戒隊員七名がふくまれていて、かれらは、留萌《るもい》警察署員と増毛警部補派出所員に遭難状況を聴取された。

「雷撃？」

係官は、乗組員や警戒隊員の口からもれた意外な言葉に、メモをとる手をとめた。すでに日本はポツダム宣言受諾によって全面降伏をし、米軍機も米潜水艦も終戦と同時に一切の戦闘行動を停止しているはずだった。そうした中で、小笠原丸が雷撃をうけて沈没したということは、信じがたいことであった。

「浮游《ふゆう》機雷に接触したのではないか」

係官は、たずねた。

「いえ、潜水艦による魚雷攻撃です。潜水艦の浮上した姿を見た者もいますし、沈没後には、機銃掃射まで浴びせかけられました」

乗組員たちの顔には、悲痛な表情がうかんでいた。

事情聴収に立会っていた警官や町役場の吏員たちは、顔を見合わせた。かれらは、頭を垂れて坐っている生存者たちを無言で見つめていた。

三

「小笠原丸」は、明治三十九年三菱長崎造船所で建造された一、三九七総トンの逓信省所属の海底線布設船であった。当時の制式布設船は、「南洋丸」「東洋丸」を加えた三隻で、陸海軍の要請で海底電線の新設とその保守につとめ、乗組員はすべて軍属になっていた。

それら三隻の布設船は、危険海域で、布設工事をおこなっていた関係で、まず「南洋丸」（三、六〇五トン）が、昭和十九年二月二十日西表《いりおもて》島約五浬《かいり》の位置でアメリカ潜水艦の雷撃によって撃沈された。また、昭和二十年七月六日には最新布設船であった「東洋丸」（三、七一八トン）も、田浦沖でアメリカ機の投下した機雷によって沈没し、海底線布設船は、わずかに「小笠原丸」のみになっていた。

その「小笠原丸」も、昭和二十年二月十六日に下田港内で艦載機の銃撃を浴び、その被弾個所は九百三十七にもおよんだ。そのため、二月下旬、横浜へ回航して損傷個所の修理を受け、四月上旬、函館にむかって出港した。当時、樺太・北海道間の海底電線が切断され不通になっていたので、「小笠原丸」に修復工事命令が出されたのだ。

「小笠原丸」は太平洋上を北上したが、途中、塩釜沖でアメリカ潜水艦の魚雷攻撃を受けた。幸いにも、巧みな退避行動をとってこれを避け、辛うじて中継基地の函館港にたどりついた。そして、六月上旬から八月上旬にかけて、樺太・北海道を連絡する猿払《さるふつ》・女麗《めれい》間の三条の電線修理工事に従事し、無事終了することができた。が、利尻島方面の一部工事が残っていたので、稚内に入港し、その準備にあたっていた。

終戦のラジオ放送をきいたのは、同港内であった。

開戦後四年間、死の危険にさらされながら布設工事に取組んできた乗組員たちは、日本の無条件降伏を知って、肩をふるわせて泣いた。戦闘行動とは直接関係のない布設船は、軽視され勝ちであったが、かれらは黙々と課せられた任務を忠実に果してきた。

呆然としながらも、翠川信遠船長は、機関長関口義幸、工事長福岡繁三郎、事務長上田寿人らを集めて、今後の対策について協議した。

逓信省のみならず日本にとっても、「小笠原丸」は、ただ一隻残された制式海底線布設船で、戦後の海底線修復工事のためにも貴重な存在になるはずだった。逓信省としては、当然、内地の基地である横浜への回航をねがっているはずなので、中央の指示を仰ごうとしたが、通信網が乱れていて連絡がとれない。

そのうちに、樺太の豊原にいる豊原逓信局長から、樺太在住の逓信省関係者家族の引揚げに従事して欲しい、という強い要請があった。

幹部たちは、この件について協議したが、八月九日に参戦したソ連の軍隊が、樺太進駐を開始することは十分予想されるので、横浜回航をとりやめて、引揚者の集結地である樺太の最南端大泊《おおどまり》へむかうことに決定した。

乗組員は九十九名で、その中には、海軍警備隊員下士官以下十三名がふくまれていた。乗組員は、運航関係、布設工事関係と二分されていたが、一人でも多くの引揚者を乗せるため、運航に関係のない福岡工事長以下十七名が下船した。

八月十七日夜、「小笠原丸」は稚内を出港、八十六浬の宗谷海峡を渡って、翌朝大泊に入港した。

埠頭にはおびただしい人々が、荷物を手にひしめいていた。他にも引揚船が岸壁についていて、避難してきた人々を乗せている。

「小笠原丸」は、逓信省関係の職員とその家族を乗せることになっていたが、たちまち避難民が押しかけてきて、収拾がつかなくなった。そのため、翠川船長は、老幼婦女子のみを乗船させることに変更し、約千五百名の避難民を乗船させた。

幸い気象状況はよく、「小笠原丸」は大泊を出港、八月十九日、稚内に入港して引揚者全員をおろした。

任務を果した「小笠原丸」に対して、海底線施設事務所長柏原栄一から、横浜へ回航せよという電報がとどいていたが、大泊にむらがる避難民のことを思うと内地へ引返すこともできず、翠川船長の決断で、再び大泊へむかうことになった。

八月二十日午前七時、「小笠原丸」は、運航関係乗組員八十二名を乗せて稚内を出港、午後五時、大泊港岸壁にその船体を横づけにした。

岸壁周辺には、前回とは比較にならぬほど多数の避難民がむらがっていて、狂ったように船に押し寄せてきた。しかし、出港日は翌日の予定なので、乗組員たちは必死に乗船を拒否し、船長は、海軍武官府と打合わせのため上陸した。

その直後、岸壁に陸軍の将官が数名の将校を連れて姿を現わすと、

「避難民は疲労しきっている。なぜ乗せぬのか。ただちに乗船させて北海道へ輸送せよ」

と、言った。

乗組員は、出港予定日は明朝で、しかも船長は不在であるからその指示には従えぬ、と答えた。

将官は激怒し、将校は軍刀の柄《つか》に手をかけて、

「船長に連絡してただちに出港せよ。命令だ」

と、叫んだ。

乗組員は、やむなく武官府に走った。そして、船長に陸軍の将官の言葉をつたえると、船長は、

「出港する。すぐに乗船を開始させるように……」

と、答えた。かれは、武官府で、その日の早朝ソ連軍が樺太西海岸の真岡《まおか》に上陸を開始し、また、ソ連艦艇が大泊を砲撃する可能性があるという情報も得て、即日出港を決意していたのだ。

すでに日は没していた。乗組員は、船にとりつけられた多くの布設工事用の作業灯を一斉に点じ、岸壁の周辺に待機する避難民の群れにむかって、乗船するように呼びかけた。

その瞬間、岸壁に激しい混乱が起った。人々は立ち上り、荷物を手に先を争って岸壁に殺到してくる。家族の名を呼ぶ甲高い声が交叉し、顚倒した老人や子供が悲鳴をあげる。病人を背負っている者もいれば、幼児を背にくくりつけ子供の手をひいている女もいる。それらがひしめき合いながら、船の乗船口に押し寄せてきた。

乗組員は、

「老幼婦女子のみにかぎる」

と、叫びながら、人々の整理に従事したが、ソ連軍の進攻をおそれる男たちが、乗組員の眼をかすめて船にもぐりこもうとする。乗組員たちは、それらを阻止し、争いが各所で起った。

そのうちに、船内には千五百名を越す老幼婦女子が詰めこまれ、それ以上乗船させることは不可能になった。

「小笠原丸」は、なおも乗船を希望する者たちを制して、午後十一時、大泊港岸壁をはなれた。

船は、人の体で立錐《りっすい》の余地もなくなった。デッキにも両舷にある通路にも人と荷物が充満し、食堂のテーブルの下にも多くの人が身をかがめていた。

「小笠原丸」は、電光を煌々と照らしていた。終戦後、アメリカ軍から、航行中の船舶は灯火をともすように、という指令があったが、それは、機雷による事故以外に海上の危険が去ったことを意味していた。また、柏原海底線施設事務所長からつたえられた特殊の無線信号音も発信しつづけていた。それは、アメリカ軍側からの指示で、航海安全のための発信符号であった。

海上は幾分シケ気味で、「小笠原丸」は、翌二十一日午前十一時、稚内に入港した。

稚内の空気は、緊迫していた。すでにポツダム宣言を受諾したのに、樺太ではソ連軍が上陸して戦闘行動を開始している。大泊をはじめ北海道の稚内にまで、ソ連艦隊が入港してくる可能性もつたえられていた。

翠川船長は、二回にわたる引揚業務も終えたので、中央の指示通り「小笠原丸」を内地に回航させることに決定した。中央の指令では、秋田県の船川港にいったん入港して待機せよという。船長は、途中、小樽港に寄港して海上情報を集めて検討し、それから船川港にむかう計画を立てた。そして、引揚者全員を下船させて出港しようとしたが、かれらの中には、下船をこばむ声がたかまっていた。

引揚者の半数以上は、北海道南部から本州にかけて帰還する者たちで、このまま船に乗ってゆきたい、という。稚内から南下する列車は、軍隊の復員もあって乗客をさばききれなくなっている。列車の屋根にまで人が載っているほどで、駅には乗車できぬ者たちがひしめいているという。

乗組員たちは困惑して、

「全員下船して下さい」

と、繰返し船内放送をした。また船長も、

「海上には浮游機雷も多く危険ですから……」

と、下船をうながしたが、約六百名の引揚者は、腰を据えたまま動かない。かれらは、いつの間にか船が小樽にむかうことを察知していて、便乗してゆこうとしていたのだ。

それらの人々の強硬な態度に、翠川船長も下船させることを断念し、かれらを乗せたまま、午後四時頃、稚内を出港した。その折には、福岡工事長以下十七名が乗船、乗組員は再び九十九名になった。

乗客の数が減少したので、大泊から稚内にむかって航行していた時よりも、かなりすいたように感じられた。が、提供した乗組員の自室にも食堂にも、荷物を手にした乗客があふれ、デッキにも多数の人々がむらがっていた。

海上に、夜の闇がおちた。

「小笠原丸」は、電光をともし無線信号を発しながら、波のうねりの高い日本海を南下してゆく。機雷による事故のおそれは残されていたが、戦時中、敵機、敵潜水艦の襲来におびえながら航海をつづけてきた乗組員たちには、灯火管制もせずに進むことのできる航海が、気楽なものに感じられていた。

灯台の光芒《こうぼう》の点滅を左舷方向に望みながら、船はエンジンをとどろかせて進みつづけた。非番の乗組員や乗客たちの中には、眠りにつく者も多かった。

焼尻《やぎしり》島の近くを通過し、さらに南下した頃、小雨が降り出した。デッキに寝ころがっていた乗客たちは、雨を避けるため争って船内に入った。両舷の通路も食堂も人と荷物で身動きできぬ状態になり、眠りについていた者も起き出して、しばらくは混雑がつづいた。

やがてざわめいていた空気もしずまって、エンジンの音が船内にきこえるだけになった。

三等運転士山口智男は、午前四時十五分前に眼をさました。午前四時からの当直のためであった。

船内の乗客は、荷物や壁にもたれて眠っている。山口は、船橋に上ると、一等運転士の田中高次の傍に立った。海上は暗く、霧が電光に浮き出て白々と流れている。海図で、留萌沖を通過していることが確かめられていた。

当直に立ってから二十分ほどした頃、山口は、突然、水中聴音器にとりついていた海軍警備隊員が、

「魚雷音」

と、叫ぶのを耳にした。

田中一等運転士は、一瞬耳を疑ったようだったが、すぐに、

「どっちか」

と、甲高い声でたずねた。

「右舷方向です」

と、警備隊員の声が、反射的にもどってきた。

田中は、即座に、

「面舵、一杯」

と、命じた。

船体が左に傾き、船は激しく右舷方向に回頭した。

「魚雷音、接近」

警備隊員の声がした。

船橋内に、重苦しい緊張がひろがった。信じがたいことであった。すでに戦争は終っている。米軍は、潜水艦の戦闘行動が一切停止したことを発表し、航海中も灯

火をともしても安全だ、と確約してくれている。が、現実に、夜の海面を突き進んでくる魚雷の接近音を、水中聴音器はとらえているのだ。

「魚雷音、通過」

警備隊員の声がした。

船内に、安堵した空気が流れた。が、魚雷は、つづいて放たれるのが常で、灯火をともした無装備の「小笠原丸」は撃沈するのに容易な好目標になっているはずだった。

田中一等運転士は、山口に、

「至急、船長に報告せよ」

と、命じた。

山口は、船長室に駈け下りた。翠川船長は眠っていたが、

「魚雷音です」

と、山口が叫ぶと、はね起きた。

「おかしいな、すぐに行く」

翠川は、いぶかしそうに頭をかしげながらも、素早く身仕度をととのえた。

山口は、すぐに船橋へ引返した。船は、再び舵をもどしていた。

その直後、警備隊員が、

「魚雷音」

と、叫んだ。と同時に、巨大な鉄塊の激突してきたようなすさまじい衝撃が起り、炸裂音が鼓膜をしびれさせた。船橋内の者たちは、顚倒した。

山口は、船尾の右舷に火柱と水柱が、夜空を刺し貫くようにふき上るのをみた。早くも船が、船尾方向から沈みはじめているのにも気づいた。

かれは、はね起きると、船橋を出て田中らと救命ボートをおろそうと走ったが、デッキは海水に洗われはじめ、それはたちまち腰のあたりまでせり上ってきた。周囲には、人々の絶叫する声と号泣する声がみちている。

山口の足裏からデッキのかたい感触がはなれ、かれは、海水の中に身を浮ばせていた。一刻も早く船からはなれぬと、船の沈没時に起る渦に巻込まれると思ったかれは、必死になって泳ぎ出した。が、体が、海中にもぐって妙な圧力が体をしめつけてきた。

かれはもがき、ようやく海面から顔を突き出すと、近くに浮く木材にしがみついた。船の汽笛が鳴った。急激な浸水による気圧の作用か、それとも船長の訣別をしめす処置なのか、汽笛の音は闇の海上に鳴りひびいた。

山口は、ふり返ってみた。すでに船は三分の二ほど船尾から吸いこまれるように海中に没し、船首がほの白く高々と突き立っている。その船首も、音もなく海面下に吸いこまれていった。

波のうねりは、大きかった。夜空には、かすかに夜明けの気配がきざしているように思えた。あたりには浮游物が多く、波にゆったりと上下していた。

かれは、浮游物の中を泳ぎ出した。瞬間的な沈没ではあったが、海に投げ出された者も多かった。かれらは、それぞれに浮游物にとりついていた。

一等機関士河井正見は、被雷時に失神し、意識を回復した時には海面で手足を動かしていた。かれは、船が沈むのを眼にし、遠く浮上した潜水艦の黒い影も見た。終戦を迎えたのに、なぜあの潜水艦の雷撃を受けなければならなかったのか。かれは、大きい波のうねりの中で異様な孤独感におそわれていた。

初めにつかまった浮游物は、座布団であった。次につかまったのは、一メートルほどの長さの木材であった。それらはすぐに沈んでしまい、かれは、死の恐怖におそわれた。

転覆した伝馬船がみえた。かれは、疲労しきった体でその方向に泳ぎ、しがみついてみると、意外にもその上に一人の少年が馬乗りになっていた。さらに、二等運転士原清一郎と警備隊員も泳ぎついてきた。

そのうちに一隻の救命ボートが、沈没時に流れ出したらしく浮んでいるのが見えた。しかも、そこに一人、二人と乗組員らしい男が這《は》い上っている。

河井は、ボートに乗れば助かるにちがいないと思った。気がかりなのは少年であったが、かれは体力もつきていて、少年を伴ってゆくことはできそうにもなかった。

「すぐ助けにくる」

河井は、虚脱したような表情をした少年に言うと、他の二人とともに伝馬船をはなれた。

かれらは、何度も沈みかけた。体が少しも進まない。ようやくボートにしがみついた時には、意識もほとんど失われていた。

工事隊布設主任大崎邦雄も沈没時に失神し、気づいた時にはボートデッキの木のタラップにしがみついていた。そのうちに、肩にのしかかってくる者がある。顔をねじ曲げると、三十歳位の女であった。

二人の人間の重量が一カ所にかかったので、タラップは沈みはじめた。かれは、女の腕を肩からはずすと、タラップの端につかまらせ、自分は他の端をつかんだ。

寒流の流れる海は、冷えきっていた。女は寒さに顎をふるわせながら、

「子供をはなしてしまった、子供を……」

と、言っている。

海上に、動くものがあった。浮んでいる行李が、回転している。一人の老人がその上に這い上ろうとする度に、行李がまわっている。やがてその動きがとまると、

老人の姿も消えた。

かれは、死の予感におそわれた。冷たい海水につかっている体は、激しく痙攣している。タラップをつかむ手も感覚を失って、今にも手をはなしそうであった。戦時をようやく生きぬいてきたのに、このような死に方をするのはいやだ、と思った。

その時、かれの眼に異様な光景が映った。ほの暗い海上に、強い光を放ったものが何条も飛んでいる。それはあきらかに曳光弾で、浮上した潜水艦が海面を機銃掃射していた。かれは、潜水艦の執拗さに慄然《りつぜん》とした。戦争は終っているというのに、潜水艦は灯火をともして航行している「小笠原丸」を撃沈し、さらに、辛うじて死をまぬがれ漂流している者に、機銃弾を浴びせかけている。

曳光弾のまばゆい光の筋は、断続しながら飛んでいたが、やがて、それも消えると、海上に再びほの暗い夜明けの静寂がもどった。

「大丈夫でしょうか」

タラップにつかまっている女が、不明瞭な言葉で声をかけてきた。

「このままつかまっていれば、助けが必ずくる」

かれは答えたが、それは、期待できそうにも思えなかった。

かれは、周囲に眼を走らせたが、意外にも、近くに救命ボートが浮んでいて、人を収容しているのに気づいた。

かれに、生気がもどった。ボートに乗ることさえできれば、この冷たい海水からはなれることもできる。かれは、思いきってタラップをはなすと、ボートにむかって泳ぎかけた。が、手足がこごえてしまったのか動かず、たちまち体が沈んでゆく。うろたえたかれは、タラップに引返そうとしたが、その瞬間、意識が失われた。しかし、かれは、奇蹟的にも女性とともにボートに助け上げられた。

ボートには、つぎつぎに漂流者が引上げられて、五十名の男女が体を寄せ合っていた。その中には、十八名の引揚者がまじっていて、二名の少年をふくむ七名の男をのぞいて、他はすべて女性であった。ボートの近くには、十一名の乗組員と海軍警備隊員が、竹材で組み立てられた仮救命筏《いかだ》にとりついて波にゆれていた。

その筏は、被雷時に救命ボートに準じた漂流具として搭載されていたものだが、竹が古びていて浮力が乏しくなっていた。その上、竹材を結びつけている綱が切れてしまって、筏は解体しかけていた。

十一名の者たちは、褌《ふんどし》や長い白布の腹巻をはずして、竹材を結びつけた。さらに、浮力を増すため、筏の下に浮游している木材などをさしこんだりしたが、浮力は乏しく、上にあがることは不可能で、ただ筏をつかんでいるだけだった。

かれらは、体力のある男たちばかりであった。山口智男三等運転士のような二十歳前後の若い男も多かったが、冷たい海に身をひたしつづけることは、死の危険につながるおそれが多分にあった。かれらは、寒さにたえきれず、時折り体を水面から突き出した。空気にふれた体の部分が、温湯を浴びせかけられたようにひどく温く感じられた。

ボートにそれ以上人を乗せることは、不可能だった。

「すぐに引返してくるから、頑張れ」

ボート上の者たちは、竹筏をつかんでいる者にむかって叫んだ。

霧は濃く視野は閉ざされていたが、航海していたコースから察して、北海道の海岸は近いと判断された。

年の若い三等運転士の高見沢淳夫が最も元気なので、ボートの指揮者になり、海岸方向と思われる東方にむかってオールをこいだ。

疲労と寒気で、眠る者が多くなった。

「眠ると死ぬぞ」

と、互いに励まし合い、頭を船べりに打ちつけたり体をつねったりした。が、いつの間にかかれらは、眼を閉じ頭を垂れた。

高見沢は、それらの者たちを殴ってまわり、

「眠るな、眠るな」

と、叫びつづけていた。

やがて、霧の切れ間から、北海道の陸岸とその上につらなる山脈が前方に見えてきた。かれらの判断は的中していたのだ。

ボート上の者たちは、元気を恢復して互いに声をかけ合いながらオールをこぎ、ようやく絶壁の突き出たせまい海岸にたどりつくことができた。

かれらは、海岸に倒れるように突っ伏した。助かったという意識が、急に激しい疲労感になって全身にひろがった。しかし、かれらにはやらねばならぬ仕事が残されていた。救命筏で冷たい海水に身をひたしつづけている十一名の乗組員と、転覆した伝馬船にまたがって漂流している少年を救出しなければならない。

海岸の上方には、人家が点々とつらなっている。かれらは、人家に声をかけた。

やがて一人の老漁師が、姿を現わした。

乗組員の一人が近づくと、

「私たちは、小笠原丸の乗組員で、避難民を乗せて航行中、沖で潜水艦の攻撃を受け、船は沈没させられた。まだ沖に生存者がいるから、至急、救助船を出して欲しい」

と、言った。かれは、長崎県生れでなるべく標準語に近い言葉を使ったのだが、歯が鳴り口もとがこわばって、思うように発音できなかった。

老漁師は、かたい表情をしてきいていたが、うなずくと、人家の中に入って行った。

乗組員は安堵して、波うちぎわにもどった。小雨は依然として降っていたが、あたりはすっかり明るくなっていた。

しかし、村落から人がやってくる気配はなく、人声もしない。ただ、数羽の烏が、村落の上をゆったりと舞っているだけだった。

乗組員たちは、苛立った。海上に残してきた生存者たちは、潮流にのって激しく流されているはずだった。救出がおくれれば、かれらには、確実に死が訪れる。それなのに、村落の者たちは、救助船を出してくれる様子もないし、自分たちの手当もしてくれない。

高見沢と二名の乗組員が、岩をふんで磯づたいに海岸沿いの細い道に上った。意外なことに、路上には人影がなく、人家に声をかけても応じる者はいない。かれらは、放心したように路上に立ちつくした。

しばらくすると、人家のかげから警防団のような服装をした数人の男たちが、竹、槍を手に姿を現わした。

高見沢たちは近づくと、

「早く救助船を出して下さい」

と、言った。

男たちは、黙っている。その眼には険しい光が浮び、高見沢たちを見つめている。

「日本人か」

男の一人が、言った。

高見沢たちは、呆気《あつけ》にとられた。村落の者たちは、自分たちを異国人とでも思っているらしい。

乗組員の一人が、

「そうだ、日本人だ」

と言って、遭難したことと急いで生存者を救助して欲しいということを、口早に告げた。

しかし、男たちの疑惑はさらに深まったらしく、眼に警戒の色が濃くなった。かれらは、高見沢たちの服装を鋭い眼で見つめている。

高見沢は、ようやくかれらの疑念を理解することができた。乗組員の長崎弁はかれらに耳なれない言葉で、異国人が無理に日本語を使っているようにも感じたのだろう。それに同行してきた二人の乗組員は、就寝中に雷撃を受けたので、寝巻のままの異様な姿をしている。

高見沢は、正確な標準語で、

「同僚は二人とも長崎生れで訛《なまり》がある。私の服装をみて下さい。この服は商船士官の服で、私は三等運転士だ。決して怪しいものではない」

と、言った。

かれらの眼から、わずかに疑惑の色がうすらいだ。

高見沢は、制服をしめし懐中の物まで出してみせ、「小笠原丸」の三等運転士であることを繰返し説明した。その努力が効を奏して、漸くかれらは事情をのみこんだようだった。

連絡のために男が駈け去ると、どこからともなく、男たちが姿を現わして寄り集ってきた。かれらの表情は、やわらいでいた。

高見沢たちは、かれらに一刻も早く救助船を出して欲しい、と要請したが、かれらの顔はこわばった。

「船を出そうにも、油が不足している」

一人の男が、言った。

「それは大丈夫だ、私たちは逓信省の者だから、必ず油は支給する」

高見沢は、答えた。

かれらは、口をつぐんだ。男たちの顔には、一様におびえの表情が濃く浮んでいる。かれらは、高見沢たちの顔から視線をそらし、海に眼を向けていた。

やがて、一人の男が、

「まだ沖には潜水艦がいる。出て行けばやられる」

と、思いきったように言った。

他の男たちは、急に饒舌《じようぜつ》になった。一時間ほど前、沖合から大きな爆発音がきこえた、とかれらは言い、中には機銃掃射らしい音をきいたという者もいた。潜水艦は必ず沖合にとどまっていて、船を出せば再び攻撃してくるだろう、と言う。

高見沢は、その懸念はないと説いた。実際はかれに自信はなかったが、危険をおかしても十一名の乗組員と一名の少年を助け出したかった。

押問答が、繰返された。同船していた海軍警備隊の河野敏弘水兵長も折衝に加わって、高見沢と河野が沖に同行することを申し出て、ようやく村落の者たちも二艘の漁船を出すことに同意した。

すぐに準備がはじまって、二艘の漁船が、エンジン音を立てて岸をはなれた。高見沢と河野は、舳近くに立って沖を見つめていた。

その日、二艘の漁船は竹筏にしがみつく十一名の乗組員を救出、さらに伝馬船にまたがって漂流中の少年の収容に成功し、かれらを大別苅へ運ぶことができた。

四

海底線布設船「小笠原丸」の沈没位置は、別苅村大字大別苅西北方約五浬の沖合であった。

増毛町役場では、沈没日に二十五艘の漁船を出動させ、沖合一帯の捜索にあたらせた。

海面には、引揚者の携行していたおびただしい荷物が、潮流にのって動いていた。漁師たちは、その中を生存者の姿を求めて船を走らせたが、発見したのはすべて死体のみであった。

漁師たちの努力で、日没時までに二十九遺体と百五十個にのぼる荷物を収容し、大別苅の浜に陸揚げした。

遺体は、婦人、子供にかぎられ、樺太で緊急疎開命令を受けて避難したことが、それらの身のまわり品からも察せられた。

子供たちは例外なく真新しい外出着を着せられていたが、それが悪結果をもたらしていて、小学生の制服には名札のない者が多く、身許が不明になっていた。また、女たちは出来るだけ多くのものを身につけようとしたらしく、モンペを三枚はいている者もいれば、ふとん地を腹に巻きつけた者もいた。そして、一人の例外もなく、女は紙幣や、貯金通帳、国債などを身につけていた。

遺体は、留萌町から来たトラックで増毛町に移送され、警察と町役場の吏員によって身許確認がおこなわれた。女の遺体は所持品から身許が判明したが、子供は不明者が多く、衣服、容貌、身体の特徴、推定年齢が、それぞれ克明に記録された。

郵便事情は混乱していたので、身許の判明した遺体をすぐに遺族へ引渡す手段もなく、一体残らず火葬に付した。また身許不明者の遺体は、後日掘り起して遺族に確認させるため、トラックで墓地へ運んで仮埋葬した。

四つの寺と増毛病院に収容された六十二名の生存者は、婦人会の手厚いもてなしを受けた。彼女たちは、炊事、洗濯に従事し、衣類をもってきてあたえたり、子供を失った女に涙を流してその不運を慰めたりした。

また引取り手のない二人の少年は、町の人の同情を集めた。十三歳の池富登志という少年は、父と兄を樺太に残し、姉の二十一歳の信子と十五歳の和子、妹の十歳の牧子、九歳の正子、弟の七歳の弟秋利とともに「小笠原丸」に乗っていたが、かれ一人が生き残ったのだ。

引揚先の親戚の住所は姉たちだけが知っていたらしく、落着き先は、ときいても、

「新潟県」

としか答えない。

また鈴木繁春という少年も、三十五歳の母と六歳の妹と沈没時に別れたままで、その引揚先も秋田県としかわからなかった。

生存者たちは、増毛病院で流産した山口幸子という婦人をのぞいては、一人残ら

ず健康を恢復した。幸子は、布設主任大崎邦雄の肩にしがみついて死をまぬがれたのだが、見失った二人の子供のうち、三歳になる久美子という女児が沈没日に遺体となって発見された。が、病院側では衰弱の激しい幸子の体を気づかって、そのことに関してはなにもつたえなかった。

拾い上げられた百五十個にのぼる荷物の中身は、ほとんどが衣類であった。それらは、遺留品として警察が保管したが、管理を町役場に依頼し、町ではさらに婦人会に整理してくれるように頼んだ。会員たちは、包みから出した衣類を真水ですすぎ、町並の電柱から電柱に張った綱にかけて干した。たちまち、せまい町は種々雑多な衣類にうずまった。

八月二十四日朝、生存者たちが駅へむかって歩いた。かれらは、両側につづく衣類の列を悲しげな眼でみつめながら、見送る町の人々に深い感謝の眼を向けていた。かれらは、駅まで送ってきてくれた人々に何度も頭を下げると、列車に乗って去って行った。

町に残されたのは、流産した山口幸子と二人の少年だけになった。やがて、恢復した幸子は、退院日に突然のように一個の骨壺を渡され、顔色を変えた。彼女は、二人の子供の死を覚悟していたようだったが、一人が遺体として収容され、他の一人が未収容であることを知らされ、顔をおおった。

彼女は、骨壺を抱きしめ声をあげて泣いた。町の人たちは、声をかけることもできず、激しく肩を波打たせる幸子の姿を見つめていた。

撃沈された「小笠原丸」の乗船者は、同船乗組員八十六名、海軍警備隊員十三名、引揚老幼婦女子約六百名、計約七百名で、そのうち生存者はわずかに六十二名であった。

殊に、引揚者の生存者数は約六百名中二十名に過ぎなかったが、その原因は、かれらの船内での収容状況が大きく作用していた。かれらは、荷物を手に船内到る所にもぐりこんでいた。さらに、小雨が夜半に降り出して、デッキにいた者たちも雨をさけて船内に入りこみ、船は、人の体と荷物で立錘の余地もなくなった。被雷後、「小笠原丸」の沈没はきわめて急激で、海水が流入し、船体は船尾方向にまたたく間に傾いた。通路は人の体と荷物で通行不能の状態で、人々は、船内からのがれることもできず、船にとじこめられたまま海中に没していったのだ。

警備隊員をふくむ九十九名の乗組員中四十二名が死をまぬがれたのは、船の上部で勤務についていた者が多かったためで、機関部員等船内にあった者に生存者はなく、翠川船長も殉職した。

このような事情から、沈没日の海上捜索でも生存者は一名も発見されず、収容された遺体もわずかに二十九体に過ぎなかった。つまり、「小笠原丸」は、乗船者のほとんどを船内に詰めこんだまま海底に沈下していったのである。

大別苅西北方約五浬沖合には、忽然《こつぜん》として六百名以上の死者が集団水葬された墓所が出現したことになった。そして、大別苅をはじめ増毛町の人々は、長い間喪に服する生活をつづけることになった。

沈没日の翌々日、多くの浮游荷物にまじって、遺体が海岸に漂着した。枡谷文応という三歳ぐらいと推定される男児をふくむ九個の遺体であった。それらは、すべて体内に発生したガスではち切れそうに膨張し、その中の五歳ぐらいと推定される男児と二歳ぐらいの幼女の遺体は、氏名を確認することができなかった。

激しい死臭が海岸にみち、町役場の大井援護係主任と村上兵事戸籍係が、警防団員と焼骨、仮埋葬にあたった。また、婦人会は、漂着した荷物の整理につとめ、衣類を洗濯し、増毛の町には再び干された衣類がつらなった。

しかし、その後、遺体の漂着はみられなかった。浮游していた荷物の群れとともに潮流にのって流れ去ったらしく、村落の沖合には海水がひろがっているだけになった。

村落の者たちは、徐々に日常生活にもどるようになった。タコ漁の季節で、漁師は船を出し、トロール船は海底をさらった。が、かれらは「小笠原丸」沈没位置に近づくことはしなかった。沈船の突起物に網やロープのからまることを避けるということも理由の一つだったが、多くの死者の沈む海面に近づくことを怖れていたのだ。

九個の遺体が漂着してから四日後の八月二十八日に、二体の遺体が、海岸に打寄せられた。が、それらは、いずれも被雷時に体が引き裂かれたものらしく胴体のみで、性別の識別も不可能だった。

九月二日にも同様の漂着遺体があり、翌日には、モンペをはいた推定三十七、八歳の腐爛死体が海岸に寄せる波にゆらいでいるのが発見された。それは、上衣に縫いつけられた布の名札から星スミという女性であることが判明し、ただちに火葬に付した。

絶えたかと思われた遺体の漂着がみられるようになったので、増毛町では、あらためて海上捜索にあたったが、所々に浮游物を発見しただけで遺体を見出すことはできなかった。

しかし、翌日、タコツボ漁に出た漁師が、幼児の遺体を曳いてもどってきた。漁師の話によると、タコツボを引上げた時、幼児の体が同時に上ってきたという。その日、北方海上でも、推定七、八歳の男児の遺体が漁師によって発見されたという報せがあった。

その夜から、海は荒れた。風雨は激しく、波浪が海岸一帯に押し寄せた。

翌日、海中に没していた遺体が、海水にあおられ激浪に押されたらしく、増毛町管内で四体の漂着死体があった。その一体は、名札に国民学校一年生岩本という文字がみられたが、他の三体は氏名不詳で、推定二歳、六歳、三十歳のいずれも女性の遺体であった。また、北方海岸にも四個の遺体漂着があった。

翌日、シケの名残りのように二体の漂着がみられたのを最後に、遺体の漂着は絶えた。

しかし、大別苅の沖合は、墓所であることに変りはなかった。トロール船の底引き網の中に、遺体が時折みられるようになった。網の中には、カレイなどの雑多な魚がひしめき合いながらはねている。それらの中に埋れた遺体は、魚とともに生きているように動いていた。腐敗は極度に進んでいて婦人の頭髪はなく、タコや魚に食われたのか、肉の部分がなく骨の露出しているものが多かった。

その後、翌年三月頃まで遺体の発見はつづいたが、その数は総計五十七体であった。

増毛町役場では、これらの遺体と遺留品を遺族や縁戚者に引渡すため努力をつづけた。が、身許の判明している遺体も、性別、氏名、年齢があきらかにされているだけで、遺族の氏名も住所もわからない。

町役場では遺体引取先の確認につとめたが、遺体は、潮流に乗って遠く稚内方面に漂着するものもあって、処理は一層煩雑になった。そのため、北海道庁は、左のような依頼書を各方面に送付した。

西援第一九〇号　昭和二十年十一月一日

各支庁長
各市町村長　　内政部長
各警察署長

戦災死亡人周知方ノ件

樺太引揚者乗船小笠原丸ニ乗船セル戦災死亡人周知方ニ関シテハ　十月十七日本号ヲ以テ通牒致置候処今般更ニ八月三十日ヨリ九月八日迄ノ間ニ宗谷郡稚内町海岸ニ同船ニ乗船セルモノト認メラルル身元不明ノ死体　左ノ通漂着セル旨稚内町長ヨリ申越有之候条心当リノ向ハ直接当該町長宛照会スル様一般ニ周知方取計相成度

記

一、本籍　不詳
住所推定　樺太豊原市西六条南三丁目東仲通一五

二、氏名　　不詳　女　三十歳位
二、人相
　五尺位　肥満シタル方　其ノ他浮腫ト汐虫ノ為不明
三、着衣
　木綿黒色モンペ　同ズロース
四、所持品
　松任良吉預入ノ郵便貯金帳、亀松カツ、同吉美、松任良吉、松任ミツ契約受取人ノ生命保険其ノ他出世保険証書類、クローム側腕巻時計（茶色バンド）、現金二、七七八円八〇銭
五、時及場所
　八月三十日稚内町大字抜海村字ユークル海岸漂着

〰〰〰〰〰〰

一、本籍、住所、氏名不詳　女二十歳位
二、人相　四尺九寸位、其ノ他ナシ、全身腐爛
三、時及場所
　九月二日同ユークル海岸ニ漂着　前記同伴者ト推定セラル

〰〰〰〰〰〰

一、本籍、住所、氏名不詳　女　十二歳位
二、人相　全身腐爛
三、着衣　パンツ、其ノ他ナシ
四、時及場所　九月六日字抜海海岸ニ漂着

〰〰〰

一、本籍、住所、氏名不詳
　女二体、五歳一、二歳一
二、人相　全身腐爛
三、着衣　パンツ
四、時及場所　九月七日字声問海岸ニ漂着

〰〰〰

一、本籍、住所、氏名不詳　女　三歳位
二、人相　腐爛判明セズ
三、着衣　嬰児用腰巻一、附近ニ札幌市南一条東七丁目上松太一様方ト書キタル
　札アリ
四、時及場所　九月八日字坂ノ下海岸ニ漂着

これに類した依頼書を、増毛町でも北海道庁を通じて流してもらったが、敗戦後の混乱で効果はあがらなかった。

しかし、稚内で「小笠原丸」から下船した者たちの口から、乗船者の名がつたわったらしく、引揚予定地にもどっていない遺族が、警察や役場に問合わせて、一人、二人と増毛町に姿をあらわすようになった。役場では、遺体確認書と遺族の口にする遺体の特徴などと照合したが、ほとんど該当遺体はなく、整理され梱包し直された遺留荷物の中に遺品を発見して、それを手に帰っていく者もいた。

沈没日から一カ月目に、三人の遺族が役場にやってきた。

彼女らの話によると、二十一歳の長女である奈良レツと札幌女子師範学校の生徒である十九歳の次女セツという姉妹が「小笠原丸」に乗っていたはずだという。三人の遺族は、その姉妹の祖母、母、妹で、豊原保線区長であった戸主の奈良常吉と別れて一緒に引揚げ船に乗る予定だったが、レツ、セツの姉妹は、五歳の幼女を連れた叔母の身を案じて一日出発を遅らせ、「小笠原丸」に乗船したのである。役場の吏員が遺体確認書をしらべてみると、沈没日の翌日に収容した遺体の中に、姉妹のいずれかと判断される遺体のあることが確認された。

書類の中の「所持品」の欄には、現金一、六一〇円以外に緊急疎開命令書を携帯していたこともあきらかにされた。その命令書には、奈良レツ、セツの氏名があり、疎開落着先として青森県西津軽郡鰺ヶ沢町大字浜町と記されていた。遺体確認書には、年齢も若々しくみえるので妹のものと推定され、奈良セツ、十九歳と書きとめられていた。また着衣は、スキー靴、ジャンパー、ズボンとあった。

遺族たちは泣きながら、その遺体が姉妹のいずれかであることを証言した。

役場の吏員が確認書をしらべてみると、沈没日の翌日に収容した氏名不詳者の中に、推定年齢二十歳の特徴も酷似した女性の遺体のあることが判明した。役場では、すぐに警察に連絡し、遺族を連れて墓地へ行った。そして、警察官立会いのもとに土を掘り起し、棺を露出させて引上げ、蓋をあけた。

遺体は、意外にも収容時とほとんど変らぬ状態を保っていて、眼を薄く開けていた。

遺体の祖母、母、妹が、同時に泣き声をあげた。母は、遺体にしがみついて娘の名を呼びつづけた。その名は、妹のものではなく、母親は、「レツ、レツ」と姉の名を号泣しながら叫んでいた。

そのうちに、遺体は、空気にふれたためたちまち黒ずみはじめた。役場の吏員は、遺体を抱きしめる母親に、

「仏様になっているのだから、早く拝んでもらった方がいい」

となだめて、ようやく遺体から引きはなした。

棺は、火葬場に運ばれて焼かれ、僧の読経を受けた。

翌日、彼女たちは、骨壺を抱いて去ったが、次女の遺体が上ったらすぐに教えて欲しい、と繰返し吏員に頼んでいた。

その後も、身許不明の遺体が土中から掘り起されたが、それらは、例外なく激しい腐臭を放っていて、頭部がはずれているものもあった。遺族の訪れは翌年末までつづき、その後は次第に間遠になっていった。

落着き先の不明だった少年は、寺にあずけられていたが、一人は三カ月後に、一人は一年二カ月後に縁者があらわれて連れ去った。村落には、三十基ほどの無縁墓と、引取り手のない荷物が町役場の倉庫に残されただけになった。

増毛町と大別苅には、平穏な生活がもどった。

しかし、かれらに、深い疑問が残った。戦争が終ったのに、なぜ「小笠原丸」は撃沈されたのか。同船は、老幼婦女子の引揚者をのせた無装備の海底線布設船で、雷撃を受けるいわれはない。しかも、収容した遺体の中には、頭部に機銃弾が命中したものが発見されたし、海岸に漂着した半壊のボートにも無数の弾痕がみられた。

撃沈されたのは、「小笠原丸」だけではないことが村落にもつたえられた。

「小笠原丸」が雷撃を受けて沈没してから約一時間後の午前五時十三分、特別砲艦「第二新興丸」（二、七〇〇トン）が留萌沖北西三三キロの海面で同じく潜水艦による雷撃を受けていた。同艦には、艦長萱場松次郎海軍大佐以下百六十四名が乗組んでいた。八月二十日、大泊で避難民の老幼婦女子約三千四百名を乗せ、小樽にむかって進んでいたが、留萌沖にさしかかった時、船橋前部に被雷したのである。

初め、乗組員は、漂流している機雷にふれたものと思ったが、左舷方向に潜水艦が二隻浮上し、機銃弾を浴びせてきた。乗組員は、これに応戦しながらも、傾いた船体を必死に留萌港に進めた。その折の砲戦で、一隻の潜水艦が海面下に没し、その後に大量の重油が流れ出るのがみえたが、撃沈したかどうかは確認できなかった。「第二新興丸」は、辛うじて留萌港に逃げこんだが、船内で確認された遺体は二百二十九体、他に流出した者も合算すると約四百名が死者になった。

悲劇は、さらに後続の引揚船「泰東丸」（二、〇〇〇トン）にも起った。同船には、乗組員と樺太からの引揚者約七百八十名が乗船していて、「小笠原丸」「第二新興丸」の後を追うように小樽にむかって航行していた。そして、留萌西方二五キロの海面に達した時、船尾方向約一〇〇メートルほどの近さに、突然、一隻の潜水艦が浮上した。

無装備の同船は、危険を感じて白旗をかかげたが、潜水艦は砲撃を開始し、砲弾がつぎつぎに命中して沈没した。時刻は、午前九時五十二分で、乗船人員中六百六十七名が死亡したのである。

「小笠原丸」以外に二隻の船が撃沈されたことは、増毛町とその周辺の村落の人々に無気味な恐怖をあたえた。

人々は、集会があるたびにそのことを話題にした。

「戦争が終っても、油断はできない」

と、つぶやいた一人の漁師の言葉は、村落の者たちの実感であった。

終戦の翌年も、前年に増して鰊は大豊漁になった。増毛町一帯は、好景気に沸いた。鰊は、食料以外に肥料としても重視されていた。戦災によって肥料工場が破壊されたので、農業用肥料として需要が激増していた。

しかし、昭和三十年前後から、鰊は村落前面の海にほとんど姿を現わさなくなった。二百数十年前から春には必ず回游してきた鰊が、いずれかに去ってしまったのである。

村落はさびれ、増毛の町にも活気が失われた。が、かれらには終戦後村落の沖合で潜水艦の雷撃を受けて沈没した「小笠原丸」の記憶が、牡蠣《かき》のようにこびりついてはなれない。

沈没日には、人々の列が墓地にむかう。そして、三十基の無縁墓に香華をそなえて海上に眼を向ける。そこには、海の集団墓地があるのだ。

「小笠原丸」生存者たちとその関係者にも、潜水艦の敵対行動について深い疑問が残された。終戦後、アメリカの潜水艦が日本近海に航行していたことは十分想像されるが、アメリカ側は、航海の安全を約し、特殊な無線信号の発信まで指示している。関係者は、当時の諸情勢から考えて、その潜水艦はアメリカ海軍所属のものではないという一致した意見をもっている。

かれらの多くは、ひそかにソ連の潜水艦ではないかという疑いをいだいている。その頃、ソ連軍は、樺太で戦闘行動をつづけていて、そのことからも、ソ連潜水艦は日本船に対して敵対行動をとったのだろうという。

関係者の中には、外務省に実情調査を依頼しようという動きもあったらしいが、敗戦後の混乱の中にその声は埋れた。ただ、遭難事故発生後、アメリカ占領軍の第十一諜報隊旭川分遣隊で、生存者四名を招き、目撃した潜水艦の艦型を写真を参考に証言を求めた。が、その結果がどのようなものであるのか、アメリカ側の記録も公けにされていない。

つまり、潜水艦の国籍について証明するものはないが、「小笠原丸」他二隻が撃沈または大破され、銃撃を受けた事実は厳然として残されているのである。

逓信省記録

制式海底線布設船小笠原丸ハ、北海道樺太方面工事中終戦ヲ迎へ、樺太ヨリノ引揚者約千五百名ヲ乗セ大泊出帆、内約九百名ヲ稚内ニ於テ下船セシメ、戦争終結ニ伴ヒ警戒態勢ヲ解キ日本へ向フ途中、昭和二十年八月二十二日午前四時二十分、北海道別苅村大字大別苅西北方約五海里ノ地点ニ於テ、国籍不明ノ潜水艦ニ魚雷攻撃ヲ受ケ、約三十秒後船尾ヨリ垂直ニ沈没、船長翠川信遠以下五十七名殉職、便乗者五百八十一名死亡セリ。

沈没事故があってから七年後、大別苅の海岸に奇妙なものが漂着した。それは子供のものらしい胸部の骨で、海草が附着して大きな毬藻《まりも》のようになっていた。人々は、その最後の身許不明の遺体を墓地に埋葬した。

村落には、鳥が舞い、波浪が岬にくだけ散っている。

剃刀

一

三年前の春、沖縄戦の取材のため沖縄へ行った。

戦闘に従事した兵士、中学生、女学生、防衛隊員、軍属、そして戦火にまきこまれた一般県民などに会いながら戦場の跡を歩き廻った。

戦後二十年以上も経過しているというのに、戦争の痕《あと》は随所に残されている。破壊された壕や砲台はいたる所にあり、車を走らせると、くずれた土塀のつづく村が眼にふれる。一家全滅した家々がつらなっているのだ。

昭和二十年三月二十六日、アメリカ軍は慶良間《けらま》列島を攻略し、四月一日、多数の上陸用舟艇を放って沖縄中央部の嘉手納《かでな》海岸に上陸作戦をおこなった。

海上には、おびただしいアメリカ艦船が充満し、それは海に艦船が浮んでいるのではなく、艦船の間に海水の輝きがあるように見えたという。戦後のアメリカ側資料によると、沖縄作戦に参加した艦船は一、四五七隻（内輸送船四三〇隻）という厖大《ぼうだい》な数にのぼっている。また上陸したアメリカ陸海軍部隊の総兵力は十八万三千名で、日本守備隊の二倍以上に達し、しかも艦砲射撃と航空機による銃爆撃の強力な支援をうけていた。

日本軍は、上陸してきたアメリカ軍に激しい抵抗を試み、斬込み戦法を駆使してその進撃を阻止することにつとめた。が、圧倒的に優勢なアメリカ軍兵力によって徐々に圧迫をうけ、五月下旬には軍司令部の設置されていた首里《しゅり》もアメリカ軍の手中に落ちた。

その後、日本軍は戦場から避退する一般県民とともに激しい攻撃にさらされながら後退をつづけ、遂に沖縄本島の南端摩文仁《まぶに》の崖上に圧縮された。そして、六月二十三日、沖縄防衛軍司令官牛島満中将は、参謀長長勇中将とともに割腹、兵や住民の自決が相つぎ、ようやく沖縄戦は終了した。

島の緑は失われて、全島の地形は変容した。日本軍の戦死者は、沖縄県壮年男子による防衛隊員、中等学校生徒による鉄血勤皇隊員をふくめて約九万名に達し、また老幼婦女子ら一般県民約十五万名が死者となった。

アメリカ軍の損害も四万九千名（内戦死一万一千四百名）に達し、アメリカ軍司令官バックナー中将も戦死している。

私は、最後の戦闘終焉《しゅうえん》の地摩文仁にも行った。

崖の岩肌には、艦砲弾の炸裂した痕が白々と刻まれ、樹木も根こそぎ倒されている。戦火にまきこまれた体験者から当時の摩文仁の状況をきいたが、その地一帯は凄惨な死の世界であった。

兵や県民はその崖附近にひしめき、艦砲射撃や銃爆撃にさらされた。壕の中には火焔放射器の炎が放たれ、ガソリンも注ぎこまれて火が点じられた。

将兵は銃や短剣で自決し、戦車の下に身を投じた。また、一般県民は、ふとんをかぶってその中で手榴弾を発火させ集団自殺を試み、崖から身を投げる者も相ついだ。

摩文仁には、洞穴壕が今でも残されている。

私は、観光団の人々に自然と合流する形になったが、バスガイドの説明に釈然としないものを感じた。ガイドは、牛島司令官と長参謀長の割腹についてよどみない口調で説明している。それによると、両中将は、戦闘の終了したことをさとり軍司令部のおかれた洞穴壕を出て、近くの巌頭《がんとう》に坐って古式にのっとった割腹をし、部下がその首をはねたという。

私は、それまで牛島、長両中将の死の光景を知っている人から話をきく機会がなかった。が、多くの書物の中に、ガイド嬢の説明と同じ内容を書き記したものが多く、中には両中将が白衣をつけて月光の下で割腹したと書かれたものもあった。

しかし、摩文仁で辛うじて生き残ることのできた人々からきいたかぎりでは、両中将がそのような悠揚とした自殺の仕方をしたとは思われなかった。たしかに夜間はアメリカ機の銃爆撃はやんだが、艦砲弾や迫撃砲弾は絶え間なく落下していた。すでにアメリカ兵は、その地域一帯に深く入りこんでいて、割腹の前日には軍司令部洞窟の垂直坑道が急襲され、そこにいた日本将兵が全滅し、さらに爆薬、手榴弾も投下されて将兵十数名が死傷している。そうした状況の中で、壕外の海に面した巌頭に正坐して切腹するようなゆとりはなかったはずだった。まして、白装束を身にまとって月光下で割腹したなどということは、絶対にあり得べきこととは思えなかった。

その後、私は、防衛研修所戦史室編の「沖縄方面陸軍作戦」の「軍司令官の最後」の項で、左のような叙述を見出した。

「軍司令部においては、本夜生存者をもって軍司令部台上の八九高地を奪回し、明二十三日黎明《れいめい》を期して全員摩文仁方向に突撃し、この間に軍司令官、参謀長は山頂において自決することに決められた。

(しかし、) 敵情偵察の結果、山頂奪取の攻撃を中止し、海に面する坑道口外の位置で自決することになった。」

この記録は、牛島軍司令官のもとで作戦主任をしていた高級参謀八原博通大佐の戦後の回想によるものである。

この叙述にある通り、初めは山頂、次には坑道口外で自決する予定を立てていたのだろうが、それがそのまま実行されたか否かはわからない。なぜかといえば八原大佐は、牛島軍司令官と長参謀長の割腹の折にはその場からはなれているからである。八原大佐は、牛島軍司令官から大本営に報告をするよう命じられて壕を出ているが、それは両将軍の自決数時間前のことで、予定通り両中将が坑道口外で割腹したかどうかは知らないのである。

私は、沖縄戦の終了時に軍司令部壕でどのようなことが起ったかについて関心をいだいた。それには最後まで壕内にいて生き残った人に会う必要があったが、幸い軍司令部壕が首里にあった頃その内部に入ったことのある人から、軍司令部に一人の理髪師がいたことをきき出した。……それは、那覇《なは》で現在も理髪店をひらいている比嘉仁才という人であった。

私は、住所をたよりにその店を探し当てた。

店内では頑固そうな六十歳近い男が、少年の頭にバリカンを当てていた。

私が名刺を出すと、かれは無言でそれを鏡の前において再びバリカンをとった。そして、顔を窓の方に向けていた少年の頭を平手でたたき、

「脇見をするな」

と、言った。

私が質問すると、店主は、バリカンを動かしながら重い口調で話しはじめた。か

れは、私の期待通り沖縄戦終了まで軍司令部に配属になっていた。その口からは、軍司令部壕の内部の情景が浮び上った。

二

沖縄にアメリカ軍が上陸する六カ月前の昭和十九年十月十日、沖縄本島は、接近したアメリカ大機動部隊から発進した延べ一、三九六機の艦載機による大空襲を受けた。そして、那覇市も大規模な焼夷弾攻撃をうけて、全市は炎につつまれ、夜半までに県庁その他一部を残したのみで焦土と化した。

しかし、かれの経営している理髪店は、奇跡的にも焼け残った。かれは、そのまま店をひらいていたが、周囲は焼けトタンと瓦礫《がれき》のひろがる土がひろがっているだけで、客の訪れも稀になった。

かれは、焼跡をながめながら客の来るのを待ちつづけた。

その年もあらたまった頃から、島内の緊張は一層増した。島のいたる所に陣地壕が構築され、どこからともなくやってきた将兵で守備隊の兵力は増強された。かれの店の前にも戦車や砲が地響きを立てて往き交い、多くの老幼婦女子が九州や台湾へ続々と船に乗って疎開してゆく。敵の来攻は、時間の問題になった。

比嘉には、そのような騒然とした空気の中で店を経営してゆく気力も失われた。

客は日増しに減少し、生活の資も得られなくなった。

　かれは、うつろな気分で日を過していたが、三月に入って間もなく焼跡に立つ焼けこげた電柱に一枚の紙が貼られているのに眼をとめた。そこには、軍司令部の散髪要員募集の文字が墨書されていた。

　すでに四十五歳以下の健康な男子は防衛召集をうけて防衛隊に編入されていたし、他の者たちも軍に徴傭《ちょうよう》されている。かれもやがては軍の組織下に入れられることはまちがいなく、それならばいっそ自分の習得した技術を活用できる部署をえらぶ方が得策だと思った。

　かれは、応募することに心を定め、店を閉じると首里の第二小学校校庭に設けられた軍司令部の仮設壕に行った。

　その日から、かれは軍属として司令部員の散髪に従事することになった。やがて首里の洞穴壕がほぼ完成したので、軍司令部は新しい壕に移動した。比嘉は、その壕の規模の大きさに驚嘆した。坑道はコンクリート壁にかこまれ、丁字路や交叉した路が入り組んでいる。内部には両側に米俵が三段に積み重ねられ、井戸も掘られていて、食糧貯蔵も完璧に思えた。全長は千メートル以上あるといわれていたが、たしかに坑道は迷路のように深かった。

　四月一日、アメリカ軍の慶良間列島につぐ沖縄本島への上陸後、壕の中はあわただしい空気につつまれた。将兵の出入りが激しく、その間隙をぬって伝令が駆けこみ、そして走り出てゆく。前線からの電話も絶え間なくかかり、司令部員は殺気立った声で指示をあたえる。壕の外は、艦砲射撃と銃爆撃が繰返されて、砲弾や爆弾の落下する音が遠雷のように壕内の空気をふるわせていた。

比嘉は、そうした中を放心したように走り廻っていた。司令部員は頭を刈ることもなくなって、比嘉は、壕内で雑役のようなことをすることが多くなった。が、それでも時折り「床屋、頭を刈れ」と、司令部員の声がかかる。

かれは、その度に道具箱を手に急ぎ、将校の頭にバリカンを当て剃刀《かみそり》を手にとった。

牛島軍司令官から、散髪を命じられる時もあった。かれは、身をかたくして牛島中将の頭を刈り、剃刀を顔に当てた。司令官は、常に黙って正坐し眼を閉じていた。

比嘉は、軍司令官が高潔な将軍であることを知っていた。司令官は、将校にはきびしく注意するが、兵や軍属に向ける眼には温かい慈《いつく》しみの光が浮んでいる。その司令官の頭髪を刈り、髭を剃刀で剃ることはこの上ない光栄だと思った。

戦闘は苛烈さを増しているらしく、日本軍守備隊は、夜間の斬込み突撃を敵陣地に繰返しているという。かれは、軍司令部壕から急造爆雷を背にした下士官や兵が、照明弾で明るんだ壕外に出てゆくのをしばしば眼にした。軍の士気がきわめて旺盛《おうせい》であることは、戦闘体験のないかれにも十分に察しられた。

しかし、そのうちにかれは他の軍属から思いがけぬことを耳にした。それは、壕の奥に遊里の辻町にいた女たちが起居しているという話であった。

辻は那覇市にあって、三百軒ほどの娼家が軒を並べていた。辻の女は情がこまやかだという評判は、内地にも伝わっていた。

しかし、その辻も前年の十月十日の大空襲で焼き払われ、女たちは住む場所を失った。軍は、これらの遊女の大半を慰安婦として使うことに定め、トラックで女たちを各部隊に送った。そして、極く少数の女を各司令部の炊事婦に徴傭した。

軍司令部壕にも、それらの女たちが炊事婦として雇われていたが、同僚の軍属たちの話によると、女たちは慰安婦も兼ねているという。

「部屋のすき間からのぞいてみたら、赤いふとんが敷かれていて、白粉《おしろい》をぬった女が坐っているんだ」

軍属は、声をひそめて言った。

軍司令部壕は、たとえ砲爆撃を受けても破壊されることはなく、敵が壕に接近してこないかぎり死の危険はない。壕外では、多くの将兵や防衛隊員、中学生、女学生たちが戦死しているというのに、司令部壕に慰安婦のいることは、比嘉にも納得できぬことに思えた。

女に関する情報は、次第に現実味のあるものになっていった。司令部壕には十名近い慰安婦がいて、一部の将校はそれらの女たちに接している。壕の奥まった部屋は、それらの享楽の密室であるというのだ。

比嘉は、その後、どのような将校が噂にのぼっているのかを知るようになった。その中には、兵や軍属をよく殴るB29と渾名《あだな》されている気性の荒い副官の名もあったし、漁色家として名高い中佐の名もあった。が、牛島軍司令官はそうした女の存在を嫌っているという話も伝えられた。つまり慰安婦は、軍に不可欠のものという考え方をもつ一部将校によって利用されているらしかった。

そのうちに戦況は次第に悪化し、司令部員の表情も暗くなった。かれらの口にする戦場の地名は、徐々に首里方向に接近してきていて、比嘉は日本守備隊が陣地を少しずつ失って後退していることを知った。

かれの胸に、不安がきざしはじめた。日本軍守備隊は、必ず敵を全滅させると公言していたし、かれも必ずそうにちがいないと信じていた。が、司令部員の言動から、戦況が決して期待通りに進行していないことを察した。

五月も初旬を過ぎると雨も多くなり、壕内は暑さと湿気が充満し、虱《しらみ》が大繁殖しはじめた。下着をぬいでみると、血をふくんだ桃色の虱がはいまわり、布の縫い目には真珠色をした卵がすき間なくつらなっている。かれは、夜になると淡い電灯の下でそれらの虱をつぶした。

陽光にふれることのなくなった壕内の者は、皮膚も青白く顔もむくんでみえた。ただ眼が、苛立ったように光っていた。

五月も中旬に入ると、兵の出入りが一層激しくなった。壕口の近くには、銃の手入れをしたり爆雷を肩にかついで出撃準備をする者が常にたむろし、壕内には殺気立った空気があふれていた。

或る夜、比嘉は、壕外の異様な叫び声を耳にして壕口に近づいた。土の上に四人の人間が横たわっている。叫び声は、その人間たちからふき上っていた。

比嘉は、四人の者たちが荒縄で後手にしばられ、近くに四本の竹槍が土の上にころがっているのを眼にした。雨は激しく降りそそぎ、かれらは泥の上をころげまわっている。

比嘉は、初めかれらが男だと思った。頭は短く刈られ、地下足袋をはいている。が、その叫び声は女の声で、泥にまみれていたが下半身はモンペにつつまれていた。

「斬込む――。斬込む――」

彼女たちは、絶叫しつづけている。

比嘉は、壕口の兵に、

「どうしたのですか」

と、たずねてみた。

「この女たちは、青年団の婦人部に属していて、斬込み隊に参加させてくれと前線部隊に志願してきた。女を斬込ませることもできないので、前線から連れてきた。軍司令部でも前線部隊と同意見で、説得したが言うことをきかず暴れるので、縛り上げたのだ」と、兵は言った。

比嘉は、呆然と女たちを見つめた。顔も泥にまみれてよくわからなかったが、十七、八歳の娘たちであるようだった。娘たちは、島を敵の手から守るために頭髪を刈って男を装い、竹槍で突っ込むという。

比嘉の胸に、熱いものがつき上げた。娘たちですら生命を犠牲にしてまで戦闘に参加しようとしている。健康な男子である自分も、理髪道具を捨て竹槍を手にして一人でも多くの敵を殺さねばならぬと思った。

その頃から前線陣地の後退は顕著になって、軍司令部では大決戦を準備しているらしいという話が伝わってきた。前線では、アメリカ軍が陣地壕の上を占領して、鑿岩機《さくがんき》で洞穴の上方から穴をあけ、そこから爆薬を落し、ガソリンを流しこんで焼夷弾を投下して炎上させ、壕内の日本軍を全滅させているという。そのようなことを繰返しながら、敵は、急速に軍司令部壕に接近しているようだった。

壕内の沈鬱な空気が、さらに濃くなった。そうした中で、航空参謀神直道少佐が牛島司令官の命令で大本営に連絡のため沖縄脱出をはかった。

神参謀は、糸満《いとまん》の漁師とともに糸満東方四キロの与座に行った。連絡通り海上に水上機が着水したが、小舟で近づくことは危険だと察して再び軍司令部壕にもどった。そして、その後同参謀は、糸満の漁師仲木蒲戸、並里仙徳、大城善一郎、大城亀太郎、上原寛助、上原午助の操る刳舟《くりぶね》に乗って糸満南方三キロの地点にある名城から脱出、奇跡的にも内地にたどりつくことができた。

壕内の者は、神参謀の脱出からも戦況が極度に悪化していることを察知した。そして、それを裏づけるように五月二十二日には、アメリカ軍が雨乞森《あまぐいむい》高地を占領したという情報が入った。

比嘉たち軍属は、動揺した。同高地は、首里から南方一・五キロにあって、北から進撃してきたアメリカ軍は、首里の後方に侵出し首里を包囲する態勢をとっている。さらにその日、壕内の書類の焼却がはじまったことを耳にして、軍属たちは顔色を変えた。書類を焼いているということは、最後の時がやってきたことをしめしている。壕にとじこもって決戦をいどむか、それとも南方に撤退するかいずれかであった。

その翌日、壕内に島の南部にある喜屋武《きやん》半島への軍主力の撤退が伝えられた。喜屋武半島には高さ二百メートルほどの八重瀬岳と与座岳があり、しかも隆起珊瑚礁でつくられた自然洞穴が多く、陣地構築に適している。軍司令部は、その後方にある沖縄本島南端の摩文仁に後退して、全軍の指揮をとるという。それは、首里放棄を意味するものだったが、壕内の将校は比嘉たちに、

「撤退ではない。勝利のための転進だ」

と、大きな声で叫んでいた。

その夜、軍司令官以下の幕僚が出発した後、比嘉は、数名の将校や下士官の後について壕を出た。

壕外には、雨が激しい勢いで落ちている。夜空には照明弾が絶え間なく打ちあげられ、砲弾の炸裂する音が空気をふるわせていた。

雨合羽《あまがっぱ》をつけた将校たちの一団は、泥濘《でいねい》の中を足早に歩いてゆく。比嘉は、理髪道具を入れた箱をかかえて、他の軍属とともにその後を追った。

上空には、炎のはためくような音を立てて砲弾が通過し、随所で炸裂する光がひらめいている。比嘉は、壕外が予想を絶した危険な世界に一変していることに慄然とした。

黒々と動いてゆく将校たちの姿は、ほの白い雨しぶきで薄れてゆく。道の泥は深く、膝まで没して歩きにくかった。

その泥の中に、比嘉は多くの異様なものがころがっているのに気づいた。かれは、

それがなんであるかわからなかったが、つまずきかけたものを見るとそれは泥に埋もれた死体であった。

突然、右方に艦砲弾が落下した。すさまじい音響に鼓膜のしびれを意識したと同時に、盛り上った泥が乾いた土とともにふりかかってきた。

かれは、泥の上に倒れた。その眼に、傍の泥濘の上に水っぽい音を立てて落下する物が映った。股からちぎれた靴をはいたままの人間の足であった。

「オーイ」

という声がきこえた。

泥の中に動くものがある。比嘉も、

「オーイ」

と、言った。鼓膜が麻痺しているため、自分の声がひどく遠くきこえた。

かれは立ち上り、泥の中から頭をもたげた同僚たちに近づいた。集った者は五名だった。

かれらは、歩き出した。

何気なく首里の方向を振返った比嘉は、華やかな光景を眼にして立ちすくんだ。その部分に艦砲弾が濃い密度で吸いこまれている。曳光弾《えいこうだん》が、きらびやかな光の跡をひいて夜空を彩っている。比嘉は、その地上に人間は生存できるはずはないと思った。

かれは、冷静さをとりもどして、あたりを見まわした。

軍司令部の撤退は早いのか、比嘉たちの歩いている地帯への艦砲弾の落下は数少い。さらに南部の夜空には曳光弾の光も炸裂する閃光《せんこう》もほとんど稀で、死からのがれるためには一刻も早く南へ急ぐべきだと、かれは泥濘の中を足を早めて歩いた。

三

比嘉は、島の南部へ向いながら、泥濘の中を老人や女たちが子供をつれて南へ南へと移動しているのを眼にした。歩く気力も失われて、泥の中に坐りこんでいる者もいるし、雨にうたれて横たわっている者もいる。

至る所に、死骸がころがっていた。嬰児を背負ったまま泥に突っ伏している女の遺体もあれば、足のちぎれた男の死体もある。それらの中を住民たちは、時折りうち上げられる照明弾の光に青白く照らされながら歩いていた。

砲弾の落下音が近づいても、かれらは体を伏すこともしない。かれらは、ただ南へ南へと歩きつづけていた。軍は一斉に南部へ撤退しているが、そこには避難した住民たちがひしめいている。当然戦火は、それら住民を巻きこむことになる。かれは、やがて起るだろう悲惨な情景を想像して慄然とした。

比嘉は、激しい疲労を感じ肩をあえがせていた。将校たちの姿を見失い、かれの周囲には同僚の軍属たちが歩いているだけだった。

かれは、道具箱をかかえていることが苦痛になっていた。少しでも身を軽くしたいと思ったが、おそらくこの戦場で、完全な理髪道具は自分の腕にかかえたものだけだろうと思うと、それを捨てる気にもなれなかった。

それに、自分には散髪要員という軍属としての役目がある。武器もなく戦闘方法も知らぬ自分の軍に対する任務は、理髪道具を手に軍司令部の設置されるという摩文仁へ赴くことだ、と自分に言いきかせていた。

八重瀬岳、与座岳の丘陵が黒い影となって前方に迫ってきた。撤退する軍主力が、抵抗線を敷く地域なのだが、アメリカ軍は、すでにそれを察知しているのか、艦砲弾が散発的ではあったが丘陵とその附近に落下している。死体の数は、増してきた。道には砲弾の落下した穴があき、雨水がたまっている。住民たちは、それらの穴をさけながら歩いていた。

与座をぬけると、艦砲弾の落下も絶えた。

比嘉たちは、大きな墓の下にうがたれた穴に入った。が、中には人の体がひしめいていて、子供の弱々しい泣き声と疲れきった人々の荒い寝息がみちていた。

かれは、同僚たちと穴の中に身を入れ、壁に背をもたせて眼を閉じた。地底に沈んでゆくような深い眠りが、すぐにやってきた。

肩をゆすられて眼をあけた比嘉は、穴の外のまばゆい陽の光をみた。明るんだ穴の中をみると、泥で男女の区別もつかない住民たちがうつろな眼を光らせている。

「行こう」

同僚の一人が、言った。

比嘉たちが立ち上ると、近くに坐っていた子供づれの女と老人が腰を上げた。

墓穴の外に出ると、雨はやんでいた。艦砲弾の落下はなく、思いがけない静寂がひろがっている。

「連れて行って下さい」

比嘉たちが歩き出すと、女のかすれきった声が追ってきた。

比嘉たちは、足をとめた。

「おれたちには、任務がある」

軍属の一人が、言った。

「それなら、食べ物を」

比嘉たちは、歩き出した。乾パンを携行していたが、途中砲弾の落下音で何度も泥の上に身を伏せた間にどこかへなくしてしまっていた。かれらの持っているのは、竹槍と比嘉のかかえた道具箱だけだった。

比嘉は、足を早めながら田の畦《あぜ》や道を歩く多くの人の姿を眼にした。かれらは、無言で南へ南へと移動している。やがて戦火にさらされることを覚悟しているような静かな動きだった。

しかし、静寂は、間もなく破られた。爆音が近づくと、錫片《すずへん》のように光る機影が北の方向から急速に接近してきた。

比嘉たちは、砲弾の落下でうがたれた穴の中に走りこんだ。

鋭い金属音をともなう急降下音につづいて、錐《きり》をもみこむような銃撃音が連続的に近づいては遠ざかってゆく。そして、その間隙をぬうように爆弾の炸裂音が土をゆらした。

比嘉は、理髪道具をかかえながら泥水のたたえられた穴の中に体を伏していた。

敵機が去ると、再びあたりに静寂がもどった。遠く北の方向で砲撃音がきこえるだけで、敵機の機影もそれきり姿をみせなくなった。

物憂《ものう》い人の動きが、再び南へ向いはじめた。所々に蠅の乱舞が見えたが、そこには必ず死体があった。比嘉は、その中にゆっくりと動く手をみた。それは腹部からはみ出した内臓にたかる蠅を手で追っている重傷者だった。が、その傍を通りすぎる人々は、一瞥《いちべつ》もせず虚脱した表情で歩いていた。

真壁《まかべ》に入った比嘉たちは、破壊された家々の間を食糧を探しもとめて歩きまわった。しかしそこには飢えきった避難民たちがひしめいているだけで、食糧などはなかった。人工壕や自然壕をのぞいても、瘦せこけた人々が入口まであふれていて、壕の中からはむせ返るような悪臭が流れ出ていた。

比嘉たちが、食糧探しをあきらめて真壁をはなれようとした時、くずれた土塀に背をもたせかけた女から声をかけられた。

女は、幼児を背負い両脇に子供を二人坐らせていた。

「兵隊さん」

女は、言った。戦闘帽をかぶった比嘉たちを兵とまちがえているようだった。

「子供をあずかってくれませんか。一人でもいいからあずかってくれませんか」

女は、身を起そうとしながら、両脇の子供の肩を押した。

「だめだ。おれたちには任務があるんだ」

同僚の軍属が、言った。

女は、身を起した。

「だめだ、だめだよ」

軍属は、手をふった。

女の顔に、失望の色が浮んだ。

「それなら、その竹槍でわたしら親子を殺してください。逃げる力はもうなくなった。殺してください、殺して」

女が、這って近づいてきた。

比嘉は、その眼の光に恐怖を感じた。軍属の一人が走り出した。比嘉は、つかみかかってくる女の手を逃れるように同僚の後を追った。

かれは、避難民たちの中にいることが苦痛になった。同県民として、それは一種の背信行為に近いものかも知れなかったが、一人の子供すら引きとる力もない自分がやりきれなかった。戦争という不気味な怪物に押しつぶされてゆくかれらを眼にすることから一刻も早く逃れたかった。

その日の夕方、高台を越えた比嘉は、眼前に意外な光景がひろがっているのに気づいた。畠に緑がひろがり、収穫期を迎えたキャベツが夕日を浴びてつらなっている。

比嘉たちは、畠に走りこむとキャベツを食べた。甘い味が舌ににじみ出て、忘れていた空腹感が急によみがえった。

かれらは、キャベツを数個ずつもぐとその葉をむしって口に入れながら歩き出した。

日が没して間もなく、比嘉は、遠く波の音を耳にした。かれは、それが沖縄本島の南端でくだけ散る波の音だということに気づいた。任地である摩文仁は、近い。

が、その地は、再び撤退することのできぬ島のはずれでもあった。

その日の夜半、かれらは、摩文仁の崖近くにある軍司令部壕にたどりついた。そこには、途中からトラックで南下した軍司令官以下の幕僚と衛兵たちがすでに到着し、司令部を設置していた。

四

比嘉が摩文仁に到着した頃は時折り敵機の爆音がきこえたが、音といえば断崖でくだけ散る波の音と生い繁る樹林を渡る風の音だけであった。

しかし、日を追うにつれて砲爆音が風向によって近くきこえるようになり、敵機の偵察も頻繁《ひんぱん》になった。それにつれて、兵や避難民の姿もふえ、森閑《しんかん》とした摩文仁にも戦場の気配が激浪のように押し寄せてきた。首里は陥落し、敵は、新たに抵抗線を敷いた日本軍陣地を優勢な火器と兵員で突破し前進しつづけていた。

六月六日夕刻、小禄《おろく》地区を守備する海軍部隊司令官太田実少将から牛島軍司令官あてに訣別電がもたらされ、同月中旬には最後の突撃を敢行して全滅したという報も入電した。

太田少将は拳銃自殺をとげたが、海軍次官あてに、沖縄県民が男女の別なく戦闘に従事し、また老幼婦女子は戦闘の足手まといにならぬよう戦火の中を黙々と移動し、多くの者が無惨な死をとげていると述べ、「沖縄県民斯《カ》ク戦ヘリ　県民ニ対シ後世特別ノ御高配ヲ賜《タマハ》ランコトヲ」と、懇請した電文を送った。それは軍司令部でも傍受され、比嘉たちの耳にも伝わってきた。

海軍部隊の全滅によって、戦場は完全に島の南部深く移行したようだった。そして、軍主力の抵抗線である八重瀬、与座両丘陵を中心に日本軍と敵との間に激戦が展開された。が、六月十五日には、アメリカ軍は全戦線にわたって浸透、これに対して県民をふくむ日本軍は体当り攻撃によって応じたが、同十七日には東部戦線の壊滅によって抵抗線は総崩れとなった。

六月十八日、牛島軍司令官は、最後の時がやってきたことをさとり大本営宛に訣別電を発信した。

さらに翌十九日には、アメリカ軍の歩兵部隊が摩文仁東方数百メートルに接近、戦車が摩文仁の八九高地を砲撃するまでになったので、軍司令官は事実上戦闘の終ったことを確認し、各部隊に独自の判断で戦闘を継続する旨《むね》の指令を発した。

比嘉は、道具箱を手に壕内になすこともなく身をひそめていた。壕外からは、砲爆弾の炸裂音や、銃撃音が果てしなくきこえてくる。かれは、壕口から今にも敵兵が乱入してくるのではないかとおびえつづけていた。

その夜、軍司令官以下幕僚たちは、残っていた酒と缶詰で最後の宴をひらいた。

それを伝えきいた比嘉は、死が間近に迫っていることを感じとった。

かれは、首里から摩文仁に司令部とともに移動したという辻町の女たちはどうしたのかと思った。同僚の話によると、女たちの大半は壕外へ出されたが、まだ数名は残っているらしいという。

女たちが司令部員とすすんで死をともにしようとしているのか、それとも強引にひきとめられているのか、かれにはいずれともわからなかった。

宴が終った頃、木村正治中佐ら軍参謀が数名壕外へと出て行った。沖縄各地に潜伏して遊撃戦を指揮するためだった。

戦闘は、指揮系統もないまま局地的に翌日も翌々日もつづけられた。軍司令部壕のある高地の下の摩文仁では、司令部の衛兵部隊が最後の抵抗を試みているようだった。

六月二十二日の朝を迎えた。

正午頃、摩文仁の銃声がやんだという報告が、監視哨壕から伝えられた。その地を守備していた衛兵部隊が全滅したのだ。

その日は、朝から司令部情報部員の手によって書類の焼却がおこなわれていた。また、司令部壕にいる重だったものが集合し、夜になってから出撃するよう命令も出された。

比嘉の胸に、玉砕という文字が鮮烈に浮び上った。かれは、日本軍軍属として理髪道具を捨て竹槍を手に突っ込む時がやってきたのだと思った。

午後一時頃、凄まじい炸裂音がして壕内に濃い煙が立ちこめた。書類を焼く煙に気づいた敵兵が、黄燐弾《おうりんだん》と手榴弾を投げこんだのだ。

比嘉は、すでに敵兵が壕外に満ちていることを知った。

壕内の将校や兵たちは血走った眼をして銃口を壕口に向けている。

数分後、再び、垂直壕の方向で凄《すさ》まじい爆発音が起った。比嘉は、体をすくめた。兵たちは、壕の壁に体を押しつけて壕口の方向をうかがっている。どうせ死ぬなら、壕外に出て戦死したい、と比嘉は思った。

壕外からは、爆撃音と銃撃音がきこえていた。が、敵兵は壕口から去ったのか、それきり壕の内部に火薬類が投下されることはなかった。

比嘉は、夜のくるのが待ち遠しかった。夜になると、敵兵は夜襲をおそれて安全な陣地へ後退する。かれは、壕のくぼみに身をひそませていた。

夜がやってきた。壕内をはじめ近くの壕にいる将兵に出撃命令がくだった。目標は、軍司令部壕の上にある八九高地山頂で、翌早朝全員摩文仁に突撃するという。

かれらは、武器、弾薬をかき集めて壕外に出て行ったが、比嘉ら軍属は壕内にとどめられた。

比嘉は、司令部員から軍司令官と参謀長の散髪を命じられた。

壕の奥に行くと、軍司令官は、いつものように畳の上に正坐していた。比嘉は、司令官が自決をするため最後の身だしなみを整えるのだと思った。

ローソクのゆらぐ灯は淡く、手元がよくみえなかったが、かれは入念にバリカンを動かし、剃刀で髭を剃った。

散髪が終り敬礼すると、軍司令官は、

「ごくろう」

と、おだやかな声で言った。

かれが道具を片づけていると、一人の将校が入ってきた。それは、作戦担当の高級参謀八原博通大佐であった。

八原は、敬礼すると、

「おいとま乞いに参りました」

と、言った。

「どういう意味か」

軍司令官がたずねると、八原は黙っていた。

「命令を遂行《すいこう》せよ。一時の恥を忍んでも、生きて沖縄の戦訓を大本営に伝えるのだ。教訓を次期作戦に活用せねばならぬ」

軍司令官の語調は、常と異ってきびしかった。

八原は口をつぐんでいたが、

「わかりました。任務を遂行します」

と、答えると、部屋を出て行った。

それから間もなく比嘉は、八原大佐が背広に着かえて壕から出て行くのを見た。

比嘉たち軍属は、壕内で自決を命じられるのかと思ったが、高級副官葛野隆一中佐から、

「明朝あらためて指令をあたえるから、下の管理部の壕へ行け」

という命令を受けた。

比嘉は、他の軍属とともに壕口から外に出た。迫撃砲弾の乾いた炸裂音と銃撃音が起っている。照明弾が二個夜空に浮んでいて、あたりは明るかった。

かれは、周囲の地形が一変しているのに啞然とした。立っている樹木は一本もなく、岩山はけずりとられ崩落してすっかり変容している。

かれは、他の軍属の後から見当をつけて海に近い管理壕の方向に急いだが、その附近一帯がおびただしい死体の群でおおわれているのに気づいた。短剣でさしちがえて倒れている兵の死骸もあれば、機銃掃射で顔のつぶれた女の遺体もある。

所々で手榴弾の光がひらめいていたが、それは自決するためのものらしく女や男

たちの絶叫がきこえていた。

海面が見えた。かれは思わず眼を大きくひらいた。それは敵艦船の群れから洩れる灯火で、海上一帯に華やかな灯がつらなっている。すでに摩文仁が海方向からも完全に包囲されていることを知った。

比嘉たちは、管理壕に入ったが、そこにも兵や住民が充満していた。かれらの顔は無表情で、ただ眼だけが落着きなく光っていた。

夜が明けはじめた頃、比嘉は、葛野高級副官から指示を得るため軍司令部壕に近づいた。壕の中には、静寂がひろがっていた。

かれは、夜明けの気配がしのび入っている壕の中へ入っていったが、壕の奥から歩いてくる人影に気づいて足をとめた。敵兵か、とかれは体をすくませた。すでに壕は敵に占領されているのかも知れぬと思った。

近づいてきた人影も停止してこちらをうかがっている。

「比嘉軍属か」

という声がその影からもれた。

「はい」

と、答えると、葛野中佐の当番兵である木村上等兵が歩み寄ってきた。

「軍司令官殿も参謀長殿もすべて自決なされた」

木村は、うつろな眼で言った。

牛島軍司令官と長参謀長は下着をすべてかえ、まず参謀長が割腹し、剣道に長じた坂口大尉が介錯《かいしやく》した。ついで軍司令官が腹に短刀を突き立て、再び坂口大尉が刀をふり下ろしたが、流れ弾でくだけ散った岩片で手に負傷していた坂口大尉は、介錯を仕損じた。そのため藤田曹長が刀をとって、介錯をしたという。

「他の上官殿たちは、すべてピストル自殺した。軍司令官殿と参謀長殿の首は、吉野中尉殿がどこかに埋めたらしい」

木村上等兵は、沈んだ声で言った。そして、ふと思いついたように、

「辻の女も二人、抱え親の婆さんとともにピストルで射殺された」

と、つけ加えると壕の奥を振返った。ローソクの灯で淡く明るんだ壕の中からは、濃厚な血の匂いがただよい出ていた。

比嘉は、足のすくむのを感じながら壕口から外に出た。自分がどのように身を処してよいのかわからぬままに、かれは明るみはじめた岩だらけの斜面を管理壕の方へ降りて行った。

「軍司令官と参謀長の自決した場所は、壕の奥というわけですね」

私は、理髪店主の比嘉氏にたずねた。

「そうです。壕外の岩の上に坐って腹を切ったなどと言う話もあるらしいが、そんな芝居にあるようなものじゃないですよ」

比嘉氏は、新たな客の顔にブラシで石鹸を泡立てながら言った。私は、米軍側の資料にある一葉の写真を思い浮べていた。そこには両将軍の横たわった遺体の一部がうつっていたが、背景は土壁と支柱につつまれた洞穴壕のように思えた。

「ピストルで射殺されたという辻の女は、若かったのでしょうか」

という私の問いに、

「二十二、三歳の女だと言っていました」

と、比嘉氏は答えた。

戦場経験のない私には、それらの女を最後まで残した司令部員の気持が理解できない。

私の接した人々から耳にした多くの将兵は、沖縄県を死守するために身を捧げて戦った。そうした中で、その一理髪店主の口にした女の存在は戦争というものの奇怪さをしめす回想であった。

総員起シ

私が、一隻の潜水艦に強い関心をいだいたのは、六葉の写真を眼にしてからだった。

秋風の立ちはじめた頃、知人のN氏が、珍しい遺体写真があるが見る気はないか、と、私に言った。

遺体という言葉が、私の心をとらえた。遺体は、なにも語らない。それは、死の領域の深い安息の中で静止した物体にすぎない。それに課せられた変化といえば、硬直し弛緩《しかん》してからはじまる腐敗。肉体は液化し気化して、土中や空気中に融けこみ、その生きていた証跡のように骨格だけが残される。が、それもやがては朽ちて、土に同化してゆく。

しかし、N氏の口にした遺体は、それらの自然作用を拒否したものだという。遺体は、生きたままさながらの姿で、印画紙に焼きつけられているという。

その日、N氏はテーブルに写真をならべると、ドアの外に去った。勤務時間中の氏は、自分のデスクにもどっていったのだ。

ビル内にあるその部屋の窓ガラスには、西日がまばゆくあふれていた。

私は、ただ一人その写真に向い合った。四つ切り大の黒白写真の中には、半裸の男たちが蚕棚《かいこだな》状の寝台に仰向いたり突っ伏したりしている。横たわった男たちばかりだが、その姿勢は、少しずつ異なっていた。

私は、一葉ずつ写真を見ていった。両足をひらき仰向いている男。母の胸にいだかれた嬰児のように、顔を横にして寝ている男の姿。かれの頭部の上方にある棚には、赤十字の標識のついた医療箱がおかれている。

写真の中の世界は、時間の流れが、或る瞬間から完全に停止していることをしめしていた。男たちは、熟睡しているようにみえるが、その姿には、深い静寂がにじみ出ている。印画紙に映し出されたかれらの姿には、生きている者が発散する生気といったものが失われていた。かれらは、死の訪れとともにはじまる腐蝕作用にはおかされていないが、死者であることに変りはないのだ。

N氏から得た予備知識で、私は、男たちの横たわる空間が、一隻の潜水艦の前部兵員室であることを知っていた。また、それらの男たちが、死を迎えてから九年目に、そのような姿のままで発見されたことも教えられていた。

私は、さらに、一枚の写真に視線をすえた。

その写真の中に、私は、他の男たちとは異なった姿勢をしている一人の男を見た。

かれは、背筋をのばして正しい姿勢で立っていた。ズボンがはずされて、下半身が露出し、その太腿の付け根から突出しているものがみえた。隆々と勃起した陰茎だった。若い男性の激しい生命力がそこに凝結しているような、逞《たくま》しく力感にあふれた陰茎だった。

私には、かれがなぜ直立不動の姿勢をとっているのかわからなかった。が、最後の写真を眼にした時、その理由は、すぐにあきらかになった。天井からぶらさがった鉄の鎖が眼に入った。鎖は、かれの首を吊し上げ、その顔を幾分仰向かせていた。かれは、鎖を首に巻いて縊《い》死《し》している。鎖は、九年間、かれの首をとらえてはなさなかったのだ。骨格の大きな、しかも均整のとれた体をした男だった。かれは、首を鎖に吊し上げられたまま、九年間、直立不動の姿勢をとりつづけていたのだ。写真から眼をはなした私は、窓ガラスに西日が消え、濃い夕闇がひろがりはじめていることに気づいた。

私は、再び、写真に眼を落した。

薄暗い印画紙の中に、直立した男の臀部《でんぶ》がほの白く浮び上っていた。

「伊号第三十三潜水艦」は、昭和十七年六月十日、神戸三菱造船所で竣工された一等潜水艦であった。

基準排水量二、一九八トン、全長一〇八・七メートル、速力二三・六ノット（水中速力八ノット）、備砲一四センチ砲一門、五三センチ魚雷発射管六門、魚雷数十七、偵察機一機搭載可能の伊十五型にぞくす。

完成後、第六艦隊第一潜水戦隊に編入され、約二カ月間単独訓練をおこなった後、八月十五日、司令潜水艦として呉を出港、ソロモン諸島方面の作戦に従事した。その後、整備、補給のため九月十六日、太平洋上最大の日本海軍基地であるトラック島泊地に入港した。そして、六番発射管維持針装置の故障個所等の検査・修理をうけるため、特設工作艦「浦上丸」の右舷側に横づけになった。

同月二十六日午前八時四十五分頃、「浦上丸」から海軍技手福井鷹次が、工員二名とともに乗艦し、故障修理をはじめようとした。

しかし、長いうねりの波があったので、掌水雷長竹林弥三松特務少尉は、故障修理を容易にするため、注水して艦尾をさげ、艦首を約三〇センチ上げさせるべきだと考えた。そして、水雷長木村正男大尉にその旨をつたえ、諒解を得たので、後部メインタンクに注水をおこなった。

しかし、艦尾の沈下によって、後部の繋留索が切断した。その上、工作部側と艦側の連絡が不十分で、後甲板にあるハッチが開いたままになっていたので、そこから海水が浸入して急激に艦尾の沈下が増した。そのため、午前九時二十一分頃、艦尾が沈下しはじめ、仰角約三〇度の傾斜で約二分後に艦影は海面下に没した。

潜水隊司令貴島盛次大佐、艦長小川綱嘉中佐は、工作艦「浦上丸」に行って橋本啓介造船大尉らと工事打合わせをしていたので難をまぬがれたが、航海長阿部中尉以下三十三名が殉職した。沈没位置附近は水深三六メートルで、海底は珊瑚礁であった。

この不慮の沈没事故によって、潜水隊司令貴島大佐は、指導よろしきを得ずという理由で三日間の謹慎処分に付せられた。

海軍省は、「伊号第三十三潜水艦」の引揚げ命令を発し、連合艦隊司令長官山本五十六海軍大将を通じて、トラックにあった第四艦隊にその作業指揮をゆだねた。救難指揮官にはトラック島泊地におかれていた第四港務部部長中村大佐が任ぜられた。実行計画と作業主務者として艦政本部から有馬正雄造船少佐が、また日本潜水艦設計の権威である片山有樹造船大佐が視察と指導のため、空路トラックへ急いだ。

さらに横須賀海軍工廠《こうしょう》造船部の井上淳一造船大尉、清水竜男造船中尉も、呉、佐世保、横須賀各工廠の潜水員約十名を集め、救難器材をととのえて特設運送船「菊川丸」（三、八〇〇トン）に乗船、十月十二日には早くもトラック島に到着した。

作業は長期にわたることが予想され、小川艦長の強い要望もあって、まず、潜水夫による遺体収揚がおこなわれた。

　掌水雷長竹林弥三松特務少尉の遺体は、艦橋のハッチから半身以上も外部に乗り出した姿で発見された。かれは、脱出可能の位置に身を置いていたが、沈没の責任を感じて最後までふみとどまっていた、と推定された。

　遺体収揚も一応終了したので、十二月十九日午前四時二十分から艦の浮揚作業が開始された。その日の午後三時頃、潜水艦は、忽然と艦首部を海面に突き出したが、二十秒後には再び海中に没し、作業は不成功に終った。

　この間、潜水夫の中に潜水病にかかる者が続出したので、新たに横須賀海軍工廠から四名の潜水夫を補充させた。

　第二回目の浮揚作業は、翌昭和十八年一月二十九日午前零時から開始された。作業は順調に進み、午後零時十五分には艦の前部が海面に姿をあらわした。それにつづいて午後五時〇〇分、後部も浮上、全艦の完全浮揚に成功した。

「伊号第三十三潜水艦」は、作業母船の特設運送船「三江丸」、「日豊丸」に繋留し、艦内に残された遺体の収容にあたった。艦内には土砂がつまり、その上に南海特有のおびただしい魚が、鱗《うろこ》を光らせてはねていた。

　作業員は艦内を清掃、消毒することにつとめ、二月中旬、その作業も終了した。

　その後、「伊号第三十三潜水艦」は、トラックから呉海軍工廠に曳航《えいこう》され、約一年二カ月間工廠内で徹底的な修理工事を受け、昭和十九年五月末日、工事も完了して工廠側から連合艦隊に引渡された。

しかし、「伊号第三十三潜水艦」は、それからわずか半月後にまたも事故を起して沈没したのである。

その事故の正式記録はなく、ただ事故の概略として、左のような文字が残されているだけである。

一、事故発生年月日、場所

昭和十九年六月十三日

伊予灘由利島附近

二、事故の概要

本艦ハ、昭和十七年九月二十六日トラックニ於ケル沈没後引揚ゲラレ呉ニ回航、大修理ノ後完工ヲ見、第十一潜水戦隊編入前ノ単独訓練ノ目的ヲ以テ伊予灘ニ出航セリ。

而ルニ昭和十九年六月十三日〇八四〇、急速潜航ノ際右舷機械室給気筒ヨリ浸水セシタメ沈没セリ。司令塔内ニイタル者ノウチ十名ガ艦橋ハッチヨリ脱出セシガ、救助セラレタル者僅カニ二名、艦長以下乗組員一〇二名殉職。

私の眼にした写真の遺体は、百二名の殉職者中にふくまれたものであったのだ。

一

照明器具も斬新な、室内装飾に工夫のほどこされたレストランだった。

ホテルの内部にあるので、外人客の出入りも多く、中央の円型のカウンターには若い男女が身を寄せ合って坐っている。広い室内には、高級プレイヤーから流れ出ているらしい音楽が流れ、時折りシェーカーをふる音もきこえてくる。

私は、一人の男と向い合って坐っていた。四十代の半ばを越した年齢とは思えぬほど、その容貌は若々しく、上質な背広に身をつつんでいる。出された名刺には、商社の幹部社員の肩書きが刷りこまれていた。

その口からもれる言葉には強い大阪訛りのアクセントがあったが、話し方には、物静かな落着きがあった。

かれは、「救助セラレタル者僅カニ二名」中の一名である小西愛明氏で、それは氏が二十二歳の初夏に経験した事故であった。

小西氏は、昭和十五年十二月一日海軍兵学校に入学、十八年九月に同校を卒業した。

その後、一等巡洋艦「八雲」（生徒練習艦）に乗って二カ月間の航海訓練をへて戦艦「日向」乗組みとなり、十九年三月、少尉に任官した。

かれは、潜水艦乗組みを希望し、同年五月二十日、「伊号第三十三潜水艦」への転属命令をうけた。

かれは「日向」を退艦、呉海軍工廠水雷部前の桟橋に繋留されている同潜水艦におもむいた。かれにあたえられた職務は、砲術長兼通信長として一四センチ砲一門、二五ミリ連装機銃一梃の指揮官であると同時に、電探、方位盤の指揮をもふくむ多忙なものだった。

「伊号第三十三潜水艦」は修理工事も完了直前で、艦長和田睦雄海軍少佐以下全乗組員百四名が集結を終っていた。

和田艦長は、長い間、呂号潜水艦長の任にあった経験豊かな人物で、乗組員の信望は厚かった。

小西少尉は、新鋭潜水艦に転属になったことと、すぐれた艦長のもとで任務につくことに大きな喜びを感じていた。

最後の艤《ぎ》装《そう》工事も順調に進んで公試も終り、五月三十一日「伊号第三十三潜水艦」は第六艦隊第十一潜水戦隊編入が決定した。そして、六月一日から二週間にわたって訓練のため呉工廠をはなれた。

訓練海面は伊予灘で、その日から、実戦に即した猛訓練が開始された。

訓練の主体は、急速潜航であった。

「伊号第三十三潜水艦」は高速で洋上を疾走、当直の哨戒員は艦橋に出て哨戒にあたる。敵発見を想定して哨戒長が、

「両舷停止、潜航急げ」

と、命令する。

哨戒員は、ラッタルをつたって艦内にとびこみ、ハッチをしめる。メインタンクの空気は排出され、海水が注水されて艦は艦首をさげて沈降し、海面から一八メートルまで潜航する。その海中は、潜望鏡の先端が海面から突き出る位置で、潜水艦は敵状をうかがうことができるのだ。

潜水艦にとって、敵発見時から海面下一八メートルの位置にまで潜航する時間の長短は、その死命を左右する最も重要な課題だった。

敵機は、潜水艦を発見すれば海面の魚類をねらう海鳥のように高速度で飛来し、爆弾を投下する。また、駆逐艦も高速を利して接近し、爆雷を投下する。

それらの攻撃を避けるためには、哨戒員が、一秒でも早く艦内にとびこんでハッチをしめ、艦の沈降処理をおこなわなければならない。

哨戒員は、三直に分けられ、訓練が競われた。

「潜航急げ」

の合図とともに艦橋にいる者たちは、死物狂いになってラッタルをすべり降りる。潜航終了まで一分二十秒で終了するようになったが、艦長は、その成績に満足しない。潜航訓練を終るたびに艦長からきびしい訓示があって、さらに、潜航時間の短縮が強く求められた。

連日のように、訓練はくり返された。哨戒員の動作は日を追うて速さを増し、ラッタルを垂直に下りる。上からそのまま落下する者も多く、足を捻挫したり膝を強打する事故者が続出した。

しかし、訓練は強行され、伊予灘に到着してから十日目頃には、潜航終了までわずか四十五秒という短時間で急速潜航がおこなわれるまでになった。

和田艦長は、短期間に乗組員の練度が急速に向上したことに満足しているようだった。そして、機嫌よさそうに乗組員にねぎらいの言葉をかけたりしていた。

六月十二日午後、「伊号第三十三潜水艦」は、愛媛県松山市に近い郡中港に入港、投錨した。

訓練は、翌日の午前中で終了し、午後には潜水母艦「長鯨」に乗っている第十一潜水戦隊司令官の査閲を受けることになっていた。それは、同時に第十一潜水戦隊への正式編入と戦列に参加することを意味していた。

その日の夕食には酒肴《しゆこう》が出されることになり、岡田賢一一等兵曹が主計科下士官とともに魚の買出しに出掛けた。食糧は不足していたが、百四尾の鯛を買い求めることができ、にぎやかな酒宴がはじまった。艦内には歌声が起り、笑い声も満ちた。

小西少尉は、甲板上に出た。

夜空には星が散り、銀河も白々と流れている。かれは、甲板にあぐらをかいて坐った。敵の総反攻は、急速に激化している。太平洋上の島々では日本軍守備隊の玉砕が相つぎ、敵機動部隊の動きも活潑化している。そのような敵の戦力に対抗するものとして、潜水戦隊の存在は重要な意義をもっているはずだった。

かれは、少年時代から生物の生態をしらべることに興味をもっていた。

地球上には、さまざまな生き物がそれぞれの智恵をはたらかせて生きつづけている。蜘蛛《くも》は尾部から糸を放って網をはり、昆虫がかかると、脚で昆虫を水車のように回転させて繭玉《まゆだま》のようにしてしまう。カメレオンは周囲の色に体色を変化させ、蟻地獄は擂鉢《すりばち》状の穴を作ってその底に鋭い刃をもつハサミをひそませ、蟻のすべりこむのを待っている。

小西少年は、人間以外の多くの生物が独自の生き方をしていることに強い興味をいだいた。

殊に、かれの心をとらえたのは、海中に棲息する生物だった。それは、大阪という都会に生れ育ったかれの、海に対する憧憬からだったかも知れない。

かれは、魚類が海中の深度に応じて棲息していることを知った。海面に近い部分に棲む魚たちもあれば、深海を生活圏とする魚類もいる。闇に近い深海で光をかかげる魚たち。そのうちに、かれは、深海魚が海面に釣り上げられると水圧の消失によって体を破裂させることも知った。この現象は、かれに海というものの不可思議さを感じさせた。魚類が、それぞれの水圧に適した体の構造をもち、その水圧の中で生きていることに気づいたのだ。

小西少年が潜水艦に魅せられたのも、海に棲息する魚類への関心から発したものだった。

潜水艦は、水圧の変化にも堪えて、海面からはるか下方の深海にまで自由に行動できる。魚類すら果し得ない耐圧性をもつ船を人類が作り上げていることに、小西少年は感動した。

潜水艦に対する関心は増し、やがて、日本の潜水艦が外国のそれより一段とすぐれた性能をもっていることも知るようになった。かれは、中学校四年生の折に海軍兵学校を受験し入学を許可されたが、その時から、すでに潜水艦乗組みを強く希望していた。

甲板にあぐらをかいて坐った小西少尉は、少年時代からの憧れが現実のものとなったという実感にひたった。しかも、乗組むことのできた潜水艦は優秀新鋭艦で、速力を例にとっても世界の潜水艦の大半が水上速力一八ノット程度であるのに二四ノット近い最大速度をもっている。しかも、艦長以下乗組員たちは高度な素質をもった者たちばかりで、小西少尉は、この艦に乗って戦場におもむくことのできることを幸運だと思った。

夜の海を渡ってくる風は、酔いに熱した体に快かった。かれは、艦内から起る「轟沈」の歌を耳にしながら、星空を見上げていた。

翌六月十三日、「総員起シ」の号令で午前六時起床。空は晴れ、海上は穏やかだった。

最後の訓練日なので、乗組員たちの眼には、明るい輝きがやどっていた。

午前七時〇〇分、「伊号第三十三潜水艦」は錨を揚げ、艦尾両舷にあるスクリューが海水を泡立てて回転した。

艦は、ゆるやかに郡中港をはなれた。

港口を出ると、陽光にかがやく瀬戸内海がひろがった。由利島、青島、大水無瀬《おおみなせ》島、小水無瀬島などが、遠く近く点々と浮んでいる。視界は珍しいほどひらけていて、それらの島々をおおう緑が鮮やかだった。

艦は、伊予灘を西方に針路をとった。右手に由利島、左手に青島が近づいてきた。その両島間の海域が、訓練海面に当てられていた。郡中港を出港してから四十分ほどたった頃、艦は予定位置に到着した。

午前七時四十五分、試験潜航をすることになった。

海域の水深は、約六〇メートル。ハッチがしめられ、空気の取入口である給気筒、ディーゼルの排気筒も、すべて閉鎖された。司令塔内に、赤色の標示灯がともった。それは、給気筒、排気筒が完全に閉鎖したことを告げるものだった。

さらに、艦内の気圧がたかめられた。もしも、閉鎖が完全でなければ、空気がもれて気圧がさがる。が、気圧の低下もなかったので、弁のすべてが完全に閉鎖されていることが再確認された。艦長は、

「ベント弁開け」

の命令を下した。

潜水艦の両側には、艦をいだくようにメインタンクがある。その最上端にあるベント弁がひらくと、タンク内の空気が音を立てて排出され、代りに海水が注ぎこまれてくる。

艦は、艦首をさげて潜航していった。艦の深度は増して、三〇メートル近くに達した。

艦長は、魚雷戦訓練を命じた。水雷科員は、水雷長平沢豊治大尉の指揮で魚雷発射訓練をおこなった。また、爆雷防御訓練も実施された。艦は、爆雷攻撃を受けた

折には最大深度一〇〇メートルまで潜航する。そのような場合を想定して、防水扉の閉鎖などが試みられた。

訓練も終ったので、潜航してから十分後には深度一八メートルまで浮上、潜望鏡をあげて海面をさぐった。敵機または敵艦が接近中であることを仮想し、形式通り警戒訓練をおこなった。

「メインタンク、ブロー」

の号令が発せられた。

二五〇キロの高圧空気気蓄器の弁がひらかれ、高圧空気がタンク内に注入され、海水は外へ排出された。

艦は、浮上した。艦橋のハッチがひらかれた。第一回の試験潜航は、終了した。

艦は、ゆるやかに進んだ。舳に割れる海水は、白く輝いていた。

時計が、午前八時をさした。艦長は、急速潜航訓練に入ることを乗組員に告げた。

その日の乗組員は第一直哨戒員で、水雷長の平沢大尉が、哨戒長となって指揮することになった。同大尉指揮の第一直哨戒員の艦内突入訓練は最も機敏で、見張員たちの顔にも自信の色が濃くうかんでいた。見張員たちは、平沢大尉とともに艦橋に上っていった。

午前八時〇五分、艦橋の真下にある司令塔にいた小西少尉は、

「両舷停止、潜航急げ」

という平沢大尉の甲高《かん》い声を、上方にきいた。

と同時に、総員配置につけのベルが艦内に鳴りひびいた。急速潜航訓練が開始されたのだ。

見張員たちは、ラッタルをつたって滑り降りてゆく。信号長横井徳義一等兵曹が、素早くハッチをしめた。

「ハッチよろし」

横井が、平沢大尉に報告した。

海面下一八メートルの海中に潜航を果すまで、四十五秒しかない。

平沢大尉は、

「ベント弁開け」

と、命令をした。

メインタンク弁がひらいたらしく、空気が排出される音が起った。艦は、艦首をやや下げて潜航してゆく。小西少尉は、深度計をみつめた。針が、ゆっくりと右廻りに動き一〇メートルに達した。

その時、不意に、艦の傾斜に異常が発生した。艦は、二度から三度の角度で艦首をさげて海底方向に潜航していたが、意外にも、艦傾斜がやむと逆に艦尾がさがって沈降してゆく。つまり、艦首を突き立てるような形になり、しかも、その角度は三〇度近くになった。

乗組員の顔色は、変った。かれらは、激しい傾斜に、計器類にしがみついて倒れるのを防いだ。

またたく間に深度計の針は、一八メートルの数字をさした。小西少尉は、海図台をつかみながら、頭の中に砂礫が詰めこまれているような重苦しさを感じた。針が二〇メートルをさした時、司令塔内の伝声管から、

「浸水、機械室浸水」

という絶叫に似た声がふき出た。

小西少尉は、砂礫が頭の中から音を立てて流れ出すと、代りに、全身の血液が脳の内部に逆流するのを意識した。

司令塔内に、緊迫した空気がみなぎった。事故が発生したのだ。かれの頭に、トラック島で沈没事故を起した艦の前歴がかすめすぎた。沈没は、乗組員の死を意味する。その危機を救うのは、艦長の豊かな経験以外にないはずだった。

小西少尉は、和田艦長の顔から血の色が失われているのをみた。かれは、恐怖におそわれた。

「機械室浸水、機械室浸水」

再び、伝声管から叫び声がふき出た。それは、三上政男機兵長の声にちがいなかった。

さらに、それにつづいて、

「給気筒より浸水」

「浸水、浸水」

と、狼狽した声が流れ出てくる。二週間足らずの訓練しか積まぬ乗組員たちは、不意の浸水事故に気も顚倒《てんとう》しているようだった。給水筒の頭部にある弁が閉まっていなかったのか。そこから浸入した海水が、機械室に流れこんでいるのか。

艦長が、口をひらいた。その声には、意外なほどの平静さがもどっていた。

「ベント弁閉め」

「ネガティブ、ブロー」

「メインタンク、ブロー」

「両舷停止」

艦長は、艦を浮上させるため、機敏に命令を発している。かれは、出来得るかぎりの処置をとっているのだ。

しかし、艦の沈降は、やまない。小西少尉は、司令塔の下部にひらいた穴から、下方に眼を向けた。司令塔の下には発令所があり、横に機械室がある。その機械室から発令所に海水が流れこむのがみえ、その中から、乗組員の叫び声がきこえていた。

不意に、艦内の電灯が消えた。浸水によって電気がショートしたらしく、それによって排水ポンプの作動は停止した。艦は、最悪の事態におちこんだのだ。

司令塔の内部は、闇になった。蛍光塗料をぬった深度計などの計器類が、青白い光をほのかに放っているだけだった。

司令塔内の者たちの眼は、深度計の文字盤にそそがれている。針が右へまわってゆく。四〇メートルの目盛りを越えた。そのあたりから艦の傾斜が徐々にゆるやかになり、計器等につかまらなくても立っていられるようになった。そして、針が五〇メートルをさした頃には、艦は水平になった。

しかし、深度計の針は、なおも右へまわりつづけている。小西少尉は、自分の体が果しなく地球の中心にむかって沈下してゆくような恐れを感じた。司令塔内には、伝声管から空気の噴出する騒音が流れ出ている。すでに、伝声管は機能を失っていた。

しばらくすると、軽い衝撃が艦底から起って艦は左右にゆれたが、それも鎮まった。

深度計の針は六〇メートルをさして、そのまま動かなくなっていた。艦は、海底に達したのだ。

その時、司令塔に二人の主計兵が駈け上ってきた。小西少尉たちは、主計兵に眼を向けた。配置のないかれらは、艦内の最上部にある司令塔に身を避けてきたらしい。二人の顔は、計器類の発する蛍光塗料に青白く浮び上っている。かれらは、早くも死の危険を察知しているようだった。主計兵が上ってきたことで、司令塔内の沈鬱な空気は、さらにたかまった。

そのうちに、艦がわずかに動いたように思えた。艦首方向が、かすかに持ち上がるようだった。小西少尉は、錯覚かと思い、深度計に眼を向けると、青白く光った針が左へ少しずつ逆もどりしはじめている。

「浮くぞ」

薄暗がりの中で、低い声がした。

小西少尉は、体が熱くなるのを感じた。メインタンクの中の海水が、高圧空気に押し出されはじめたのだろうか。かれは「メインタンク、ブロー」と命じた艦長の処置が、やはり適切だったのだと思った。

司令塔内に安堵《あんど》の息がもれ、針が左へまわるにしたがって、大きな喜びに変っていた。

針は、着実に動いている。五〇メートルをすぎ、四〇メートルの文字標識も過ぎた。艦は、艦首を突き立てるように浮上しているらしく、再び、物につかまらなければ立てなくなった。

「浮いている。もう少しだ」

和田艦長の明るい声がし、

「高圧空気は、どの程度残っているか」

と、航海長幸前音彦大尉にたずねた。

幸前航海長は、すぐに下方の発令所に通じる伝声管に口をあて、

「高圧空気の残量を報告せよ」

と命じた。が、伝声管からは気流が噴出していて、何度叫び直しても声が通じない。

司令塔内にいた岡田賢一一曹が、艦長の命令をつたえるためラッタルをつたって、発令所におりていった。そして、再び司令塔内に上ってくると、

「高圧空気の残量は三〇キロであります」

と、艦長に報告した。

その頃から、司令塔内の気圧が高まり、鼓膜が痛みはじめた。

艦は、艦首を上にして上昇をつづけている。しかし、深度計の針の動きは徐々にゆるやかになり、二〇メートルを越えた位置で静止してしまった。艦の仰角をしら

べると三〇度で、一〇八・七メートルの「伊号第三十三潜水艦」は、水深六〇メートルの海底に艦尾をつけて、艦首を海面近くまで浮き上らせていると推定された。司令塔内に、再び、沈黙がひろがった。小西少尉は、艦の浮上する望みが断たれたことを知った。

艦長の声が、薄暗がりの中でひびいた。艦長は、伝声管のコックと、下部の発令所との間にひらいたハッチの閉鎖を命じた。すでに発令所には、海水が流れこんでいる。その中で、舵手は水の中に半身をつけながら舵輪をにぎり、士官も兵も持場をはなれない。やがて、かれらの体は、浸水してくる海水に没するだろう。

発令所に通じるハッチを閉鎖したことは、司令塔の下部にひろがる艦内の発令所、前・後部兵員室、発射管室、士官室、機械室すべてとの遮断を意味していた。それは、それらの部屋にいる乗組員に死を強いる行為であったが、ハッチを閉鎖しなければ、司令塔にも海水が奔流のように流れ込んでくることはあきらかだった。

小西少尉は、伝声管とハッチの閉鎖によって、艦が最後の時を迎えたことを感じた。

昼間潜望鏡は電動式で、電流がきれてしまっているため動かず、幸前航海長が手動式の夜間潜望鏡を最大限に上げて鏡をのぞいた。もしかすると、潜望鏡の先端が海面から突き出るかも知れない。艦長は、

「どうだ」

と、幸前航海長に声をかけた。

潜望鏡にとりついていた幸前が眼をはなし、

「まだ海面に出ていません。幾分海水が明るんでいるようにも思えますが……」

と、失望したような声をあげた。

司令塔内の静寂は、さらに深まった。

気圧は極度に上昇し、小西少尉は耳をおそう激痛に堪えられなくなった。眼球が今にも飛び出してしまうような予感におそわれ、体が周囲から強くしめつけられているような息苦しさをおぼえた。闇に眼がなれてきて、計器類の放つ蛍光が、司令塔内を淡く明るませているのを感じた。

艦長が、小さい椅子に崩れるように坐った。

浸水がつづいているのか、下方で水の音がかすかにきこえてくるだけで、なにも物音はしない。小西少尉は、鼓膜の痛みに顔をしかめながら、司令塔内に視線を走らせた。自分をふくめて十七名が、口をとざし、身じろぎもしない。かれは、死が近づいているのを感じた。下方の艦内では、浸入した海水ですでに溺死している者がいるのかも知れない、と思った。

死の訪れが意外にも呆気ないことに、かれは驚いた。急速潜航してから現在まで、まだ十分間ほどしか経過していない。そのような短時間に、乗組員が死亡し、自分たちも死を迎え入れようとしていることが信じられなかった。

かれは、鼓膜を襲う激痛に恐怖を感じた。死の瞬間までには、まだ時間がかかりそうだった。その間、鼓膜の痛みは果しなく増して、錐《きり》をもみ込まれるような苦痛になるにちがいない。かれは、悲惨な光景を想像して身をふるわせた。これ以上、鼓膜の痛みが激化すれば、自分をふくめた司令塔内の者たちは、錯乱状態におちいるかも知れない。

かれは、外国の潜水艦の沈没事故の話を思い起した。沈没後、引揚げられた艦内では、乗組員たちが発狂したらしく、ナイフや器具を手に傷つけ合った光景が残されていたという。かれは、冷静に死を迎えたいと思った。が、鼓膜をおそう痛みに意識も乱れて、計器類に頭をたたきつけて死をはかるかも知れないと思った。

かれの胸に、悔恨《かいこん》が重苦しく湧いた。少年時代からあこがれていた海軍兵学校に入学し、少尉にも任官した。そして、希望通り潜水艦に乗組み、最後の訓練日を迎えた。かれの思いえがいていた光景は、敵艦船に魚雷を発射し、撃沈させることであった。一軍人として、戦場で戦死することは本望だとも思っていた。そうしたかれにとって、戦場におもむくこともなく、事故によって死にさらされることは堪えがたかった。

艦長は、椅子に腕を組んで坐り、眼を閉じていた。その姿には、すべての策がつきた失望がにじみ出ていた。

小西少尉は、前夜見上げた星の光を思い浮べた。一時間ほど前、郡中港を出港してからながめた瀬戸内海の美しい風光も頭によみがえった。

二〇メートルほど上方には、初夏の陽光が注ぎ、海面には漁船がうかんでいる。島の緑は濃く、四国の山並も、その輪郭を鮮やかに浮び上らせているだろう。人間というものが、ひどく無力なものに感じられた。瀬戸内海のまばゆい風光は、わずか二〇メートル上方にひらけている。そこには、潮の匂いをふくんだ空気があり、光がある。

百四名の乗組員は、「伊号第三十三潜水艦」を誇りに思ってきたが、今になっては、ただ人間たちを閉じこめる頑丈な容器と化してしまっている。そして、その鉄の構造物は、乗組員たちに一人の例外もなく死を課そうとしている。

深い沈黙がひろがり、人々は、石に化したように動かない。

突然、静まり返った司令塔に金属音がひびいた。それは、下方の発令所からハンマーでハッチを叩く音だった。気圧が上昇して苦しいのか、ハンマーの音は、ハッチを開けてくれと懇願している。発令所には、浸入した海水が異常なたかまりをみせているはずだった。かれらは、上方にある司令塔へ上ろうともがいている。

充満した海水の中で、ハンマーをふるう乗組員の姿が想像された。そこには、水雷長の平沢大尉以下十数名の舵手や空気手がいるはずだった。かれらは、上方から閉ざされたハッチを開けてくれ、と必死にハッチを叩いている。

艦長は、無言のまま坐っている。司令塔にいる者たちも、ハッチから眼をそらせて立ちつくしていた。ハッチの音はつづいている。小西少尉は、自分の体に、その音が重々しくひびいてくるのを感じた。潜水艦に浸水が起れば、防水扉もハッチも閉ざされる。それは、無情の処置であったが、艦を救い一部の乗組員を救うためにはやむを得ぬ処置であった。

ハンマーをとる者が交代したのか、いったんとぎれた金属をたたきつける音が、新たに起った。それは、死の世界からつたわってくる音のように感じられた。

再びハンマーの音がとだえ、新しい音がしてきたが、その音はひどく弱々しかった。司令塔内の者たちは、顔を伏せてきいている。やがてその音は、突然のようにきこえなくなり、それきり絶えた。

小西少尉は、発令所に海水が充満し、乗組員に死が訪れたことを知った。やがては自分たちも、同じような運命にさらされるのだ、と思った。

かれは、潜望鏡の筒から海水がにじみ出ているのに気づいた。それは、次第に激しさを増し、床にもたまりだして、足先から水の冷たさが徐々に這《は》い上ってきた。

艦長が、顔をあげ、

「ハッチをあけるか」

と、航海長に言った。司令塔の上部には、艦橋へ通じるハッチがある。そこをあけて、艦外へ脱出しようというのだ。

航海長幸前大尉は、無言のまま頭を横にふった。

「開けぬのか」

艦長がただすと、航海長は、うなずいた。

小西少尉は、幸前航海長が、艦長の提言に同調しようとしない理由を容易に理解できた。

それは、艦長が、死を決意して乗組員を救おうとしていることに気づいたからにちがいなかった。日本の潜水艦乗りには、常に生死を共にしようという伝統的な考え方がある。航海長は、艦長一人を司令塔に残して脱出したくはないのだろう。また、艦が海底に着底してから再び浮上したように、なにか奇蹟的なことが起るかも知れぬという期待をいだいているようにも思えた。

小西少尉は、一層、死が身近にせまっているのを感じた。鼓膜の痛みがさらにつのり、頭蓋骨が枷《かせ》をはめられたようにしめつけられてくる。このままでは、頭骨も顔の骨も音を立ててくだけるように思えた。司令塔内には、潜望鏡筒から噴出する海水の音だけが無気味にきこえているだけだった。

艦長が、再び口をひらいた。それは、強い命令口調だった。

「ハッチを開ける。艦外へ脱出できれば、一人か二人は助かるかも知れぬ。死ぬつもりで出ろ。もしも助かったら、戦隊司令部に事故の報告をするように……」

艦長の断定的な言葉に、航海長は反対しなかった。「事故を報告せよ」という言葉は、艦長が艦内にとどまることを意味している。

航海長は、

「耳に注意しろ。鼓膜が破れるかも知れぬ。苦しかったら、水を飲むのだ」

と、静かな口調で司令塔内の者に言った。

機敏に脱出するには、混乱を避けねばならなかった。そのため、脱出の順序が定められた。小西少尉は、五番目だった。

かれは、艦長に敬礼した。艦長は、椅子に坐ったまま無言でうなずいた。

ハッチをひらくと、小西少尉たちは、司令塔内の高い気圧をふくんだ空気とともに海中に出る。しかし、司令塔内の空気が海中に放たれて気圧がさがれば、海水は、すさまじい勢いで塔内に流れこんでくる。一人残った艦長は、海水にたたきつけられて即死するだろう。その瞬間は、せまっている。小西少尉は、間もなく死亡するにちがいない艦長が、椅子に坐って一人一人の敬礼にうなずいていることに、不思議な感動をおぼえた。

司令塔内の気圧は、異常な高さにまで達している。それは、ハッチをあけても、艦外の海水の流入を押しとどめる力を秘めているはずであった。

「ハッチを開けよ」

艦長が、平静な声で命じた。

初めに艦外に出る信号長横井徳義一曹が、ハッチのハンドルに手をかけた。が、ハンドルは回転せず、他の者も力をかした。

「一、二、三」

という掛け声とともに、ハッチがひらいた。

小西は、ハッチの口を見つめた。司令塔内の気圧が高いため、水は流れこんでこない。巨大なレンズのように青黒い海水が停止していて、そこから海水が降り落ちていた。

ハッチをあけた横井一曹の体が、水のレンズの中に吸われていった。つづいて、一人、二人とハッチの口から消えてゆく。

小西少尉の番がきた。海水の落下は、空気の放出とともに激しくなって、滝のように落ちはじめている。かれは、深く息を吸いこむと、上昇する空気に乗ってハッチの外に出た。

その直後、かれは頭部に激痛を感じた。ハッチの上方にある艦橋の天蓋に頭をぶつけたのだ。

小西は、横に泳いで、ようやく天蓋の下から脱け出た。海水には、かすかな明るみがさしていた。かれは、手足を動かし、もがいた。息苦しさが、体の筋肉を麻痺させた。早く海面に顔を突き出したかった。

長い時間のように感じられた。海面に達するまでに絶命するかも知れぬ、と思った。海水の明るさが、徐々に増してきた。かれは、必死に手足をばたつかせた。海水が、鼻の奥にまで食い入った。息苦しさの限界は越えた。かれは、水をのんだ。胸が、今にも破裂しそうだった。

海の水が、白っぽくなった。かれの体は、海面から躍り上った。生きた、とかれは、まばゆい陽光を浴びながら胸の中で叫んだ。空気がふれてくる。あたりは明るい。かれは、自分の手足が自由に動くのをたしかめた。

かれの胸に、海軍士官としての意識が強烈に湧いてきた。艦長は、「助かった者は事故を報告せよ」と、言った。艦長は、自分たちの艦外脱出によって流れ込んできた海水で殉職しただろうが、艦内には、防水扉をとざして浸水をふせいでいる区画もあるにちがいなかった。その部分には、乗組員が、高まる気圧にたえながら救出を待っているはずで、幸いにも艦外脱出に成功した自分に課せられた任務は、一刻も早く母艦「長鯨」に事故発生を報告することだと思った。

かれは、海面を見まわした。司令塔内からは、艦長以外の十六名の者が脱出をはかったはずだった。

点々と、人間の頭がうかんでいる。

小西少尉は、その方向に泳ぎ、他の者も集ってきた。幸前航海長もいる。集った者は八名で、十六名中半分が海面への浮上に成功したことがわかった。

かれらは、黙って泳ぎ出した。北の方向に由利島、南方に青島がみえる。どちらの島へも距離は同じ程度に思えたが、小西少尉は、由利島にむかって泳ぎ出した。かれは、泳ぎに自信があった。兵学校では、朝八時から夕方まで十時間近く泳ぎつづける者が半数以上はいた。かれもその一人で、二〇キロ以上泳いだことも数知れなかった。

ふと、首の重さを感じたかれは、首に双眼鏡をかけたままであることに気づいた。かれは、それをはずして海中に捨てた。

由利島までは一〇キロ程度に思えた。が、潮流がはげしいので島に泳ぎつくにはかなりの体力を費すかも知れない。過信は禁物だ、と、かれは思った。体を軽くするため靴、帽子、上衣をぬぎ、ちぢみのシャツと越中ふんどしのみになって泳いだ。

海水は、幾分、冷たい。かれは、自分のまわりを見まわした。いつの間にか二名の者が泳いでいるだけで、他の幸前航海長ら五名は、青島にむかったようだった。

近くに泳いでいるのは、岡田賢一、鬼頭忠雄の両一等兵曹であった。岡田一曹は、元気よく泳いでいるが、鬼頭一曹の動きは緩慢で、岡田一曹がしきりに声をかけて励ましている。島は近くにみえるが、一時間以上泳いでも近くなったようには思えない。潮の流れに押し流されているのかも知れなかった。

かれの眼に、機帆船が走ってくるのがみえた。

かれは、立泳ぎをしながら手をふり、

「オーイ」

と、叫んだ。

岡田一曹も、しきりに手をふった。が、機帆船は、エンジンの音で声もきこえぬのか、そのまま遠ざかっていった。

かれは、岡田一曹とともに鬼頭一曹をかこむようにして泳ぎつづけた。疲労が、次第に湧いてきた。手足を動かしてはいたが、思考力は失われ、意識がかすむことも多くなった。島がかなり近くにせまってきた。四時間ほど泳いだように思えた。

その時、再び漁船が近くを通るのがみえた。かれは、岡田一曹と手をふり、声をあげた。漁船の上にいた二人の男が、こちらに顔を向け、指さしているのがみえた。

漁船が、舳を回して近づいてきた。

小西少尉は、立泳ぎをしながら、船の近づくのを待った。岡田一曹の顔にも、深い安堵の色がうかび上っている。かれは、岡田一曹と二人で鬼頭一曹を船べりに誘導した。

小西少尉たちは、船べりをつかんだ。が、その直後、鬼頭一曹は手をはなすと、そのまま海中に沈んでいった。

「助けてやってくれ」

小西少尉と岡田一曹がかすれた声で言うと、漁師が二名つづいて海中にとびこんだ。そして、水中に深くもぐると、鬼頭一曹の体を後ろ抱きにして浮んできた。

小西少尉は、岡田一曹と船に引揚げられた。かれらの膝頭はなえきっていて、腰を上げることもできなかった。

鬼頭一曹が、船底に横たえられた。顔に血の色はなく、口が薄くひらいている。

岡田一曹が声をかけたが、反応はない。

漁師が、鬼頭一曹の体をうつ伏せにして臀部をしらべている。

「だめだ、肛門が大きくひらいている」

漁師は、頭をふった。

小西は、放心したように、その声をきいた。かれは、一刻も早く事故発生を呉《くれ》鎮守府につたえねばならぬ、としきりに思っていた。鬼頭一曹の死に対する悲しみは、ほとんど湧いてはこなかった。

小西少尉は、船の重だった者を呼んだ。海中にいた時とは異なった激しい寒気に、かれは体をふるわせた。

「この船はどこへ行く」

かれは、こわばった唇をひらいてたずねた。

「漁を終えて西条（愛媛県）に帰るところです」

男は、答えた。

小西は、一瞬逡巡した。「伊号第三十三潜水艦」の沈没事故を一般人に告げてよいのか、かれには判断がつきかねた。

しかし、潜水艦の救難は、一刻の猶予も許されない。艦内に生存者の残っている可能性は高いし、その乗組員たちのためにも急いで呉鎮守府に連絡をとらねばならなかった。西条までは、高縄半島の大角鼻をまわってゆかねばならず、かなりの時間を要する。それより最も近い位置にある三津浜に舟をつけてもらいたかった。

かれは、男に思いきって潜水艦の沈没したことを打明け、急いで三津浜にむかうよう依頼した。男は顔色を変え、すぐに舳を三津浜に向け船の速力をあげた。

漁師たちは、上衣をぬぐと小西少尉と岡田一曹に着せかけ、船底の板をあけた。中には、鱗を光らせた鯛がひしめき合ってはねていた。漁師は、鯛を一尾とり出すと、出刃包丁で無造作にたたき切り、七輪にのせた大きな鍋の中に投げこんだ。そして、しばらくすると、大きな椀に吸物を入れて食べるようにすすめてくれた。

小西少尉は、なにも口に入れたくなかったが、親切にすすめられたので吸ってみると、驚くほどうまかった。漁師たちは、小西少尉と岡田一曹が一心に汁を吸うのを、黙ってながめていた。

舟が、三津浜についた。小西少尉が、波止場の近くの人家に入って松山海軍航空隊に電話をかけると、すぐに車で迎えに行くという返事があった。

小西少尉は、岡田一曹と波止場につながれている漁船にもどった。鬼頭一曹の遺体は、明るい陽光を浴びて仰向きに横たわっている。ようやく艦内を脱出し四時間も泳いだのに死亡した鬼頭一曹に、初めて深い悲しみが湧いた。

やがて、航空隊の車が二台つらなってやってきた。

隊の者が白い大きな布をもって船に入ると、鬼頭一曹の遺体を丁重に包み、岸に上った。小西少尉は、岡田一曹と足をふらつかせながら歩き、鬼頭一曹の遺体が後の車に乗るのを見定めてから車の中に身を入れた。

自動車は、海岸沿いの道を走り、航空隊の隊門の中にすべりこんだ。

小西少尉は、電話で呉鎮守府に「伊号第三十三潜水艦」の遭難事故を報告、第六艦隊、第十一潜水戦隊へも連絡してくれるよう依頼した。……時刻は、午後一時を過ぎていた。

小西少尉と岡田一曹は、航空隊軍医長の診断を受けた。潜水病にかかっているのではないかと危惧されたが、症状はあらわれていなかった。ただ、二人とも、同じように頭部に打撲の痕があった。それは、司令塔のハッチから脱出した直後、艦橋の天蓋に頭をぶつけたためであった。また小西少尉は左耳、岡田一曹は右耳の鼓膜が裂け、艦内の気圧が異常な高さであったことをしめしていた。

かれらは、新たな衣服の支給をうけ、松山航空隊所属の内火艇で、長浜沖に碇泊《ていはく》していた第十一潜水戦隊旗艦の潜水艦「長鯨」に送ってもらった。

戦隊司令部には、悲痛な空気がみちていた。小西少尉の緊急連絡で、松山航空隊から救難機が飛び立ったが、「伊号第三十三潜水艦」の沈没位置は確認できないという。

小西少尉は、航海長幸前音彦大尉らの救出報告がまだ入っていないことを司令部員から知らされた。幸前大尉は四名の部下とともに青島にむかって泳いでいったはずだった。

小西少尉は、呉鎮守府の命令で港務部と工廠が救難作業準備を開始していることを知っていた。が、艦内に生存しているかも知れぬ乗組員のことを思うと、堪えきれぬ苛立ちを感じた。それに、幸前大尉らの消息も不明なことが、一層、かれの気分を重くした。

海上が、夕焼けの色に染まった。その頃、松山海軍航空隊の捜索機が海面を流れる重油を発見したという報告が入ったが、幸前大尉らの生存を確認する連絡はなかった。小西少尉は、その夜おそくまで寝つかれなかった。

翌早朝、依然として幸前大尉らの救出されたという連絡はなく、その生存は絶望的になった。

「伊号第三十三潜水艦」の捜索と救難作業は、夜明けと同時に開始された。呉海軍工廠からは、潜水艦関係の技術者、艦引揚げの救難隊員らが作業艇に乗って急行、「長鯨」も沈没推定海面へと急いだ。「長鯨」が青島と由利島の丁度中間地点に達すると、工廠の船をふくめた二十隻近くの船があたり一帯を掃海しているのがみえた。上空には松山航空隊の捜索機がとび、必死になって「伊号第三十三潜水艦」の沈没位置をさぐっていた。しかし、「伊号第三十三潜水艦」の沈没海面は発見できず、午後に入った。

そのうちに、ようやく捜索機が、海面に少量ずつ油の湧出しているのを確認、機上から発煙筒を投下してその位置をしらせた。工廠の作業船がその海面に集り、掃海が開始された。海底をさぐっていた鉤《かぎ》が異物にかかって、ロープが強く張られた。鉤がからまったのは「伊号第三十三潜水艦」の船体と推定されたので、ただちに工廠船渠《せんきょ》工場の潜水夫が水中に入った。二時間近くたってあがってきた潜水夫は、海底に「伊号第三十三潜水艦」が着底していることを報告した。

　小西少尉は、岡田一曹と海面を見つめた。艦が沈んでから、三十時間が経過している。艦内の気圧はさらにたかまって、人間の生存を許すことはできなくなっているかも知れぬが、二日か三日たってから生存者が救出された例もある。鼓膜は破れ絶命している者がいるだろうが、三十時間という時間的経過は、まだ十分に艦内の者を救出できる可能性を秘めていた。

　ハンマーをたずさえた潜水夫が、つづいて水中にもぐっていった。かれらは、艦外からハンマーで叩いて内部の反応をうかがうのだ。

　小西少尉は、双眼鏡で「長鯨」の甲板上から海面に潜水夫のもらす気泡の湧くのを見守っていた。上空で旋回していた捜索機は、任務も終えたので東方へ去っていった。

　しばらくして、潜水夫が、人間を抱いて上ってきた。生存者か、と思われたが、幾分膨張した遺体で、つづいてまた一体の死体が、海面に姿をあらわした。それは、艦橋の部分にひっかかっていたもので、司令塔から脱出した折、天蓋に頭部を強打して意識を失い水死したものと推定された。

　その日、日没まで潜水夫は交互にもぐって、ハンマーで叩いてまわった。しかし、艦内からの反応は全くなく、深い静寂がひろがっているだけだという。

夜になって作業は中止され、「長鯨」の第十一潜水戦隊司令部に呉工廠関係者も集合し、打合わせ会がひらかれた。その席で、「伊号第三十三潜水艦」内には生存者が皆無であるという結論が下された。また司令塔から脱出して青島方向へむかった幸前大尉ら五名も、死亡したものと断定された。沈没地点から青島までの海面は潮流がはげしく、島に到達するまでに力つきて溺死したものと想像された。

同席していた小西少尉は、あらためて事故の大きさに慄然とした。百四名の乗組員のうち救出されたのは自分と岡田賢一一曹のみで、鬼頭一曹をふくめた三個の遺体が収容されただけになる。かれは、自分が生き残ったことになんとなく後ろめたいものを感じた。

席上、「伊号第三十三潜水艦」の引揚げ作業についての意見が交された。

呉海軍工廠船渠工場に属する潜水室員は、高度な潜水技術をもち、船具工場の技術者と協力して、過去に無数の至難と思える沈船の引揚げ作業をおこなってきた。

主なものとしては、大正十二年、淡路島附近で公試中沈没した「第七十潜水艦」を、水深五五メートルの海底から引揚げることに成功したのをはじめ、昭和九年、水雷艇「友鶴」の艦内生存者の救出にも従事。また昭和十四年二月には「伊号第六十三潜水艦」の収揚をもおこなった。この艦の沈没位置は実に水深九三メートルという深海で、潜水作業の世界最深記録であった。その他数限りない大小艦船の引揚げに成功した実績があり、潜水員責任者福永金治郎に協力して、船具工場技手又場常夫が天才的ともいえる創意をはたらかせて現場作業を成功に導いていた。

「伊号第三十三潜水艦」の沈没海底は水深約六〇メートルの位置にあり、工廠の救難隊にとっては過去の実績から考えてもその引揚げは可能だった。しかし、呉海軍工廠関係者は、作業を実行に移すことに不熱心だった。すでに戦局は日増しに急迫していて、敵機の空襲も激化している。工廠には、「伊号第三十三潜水艦」の引揚げ作業をおこなう余力は失われていた。

ただ、今後、他の潜水艦に同様の事故が発生することを防ぐためにも、沈没事故の確認をおこなう必要があった。その原因を追究する上で、小西少尉、岡田一曹の証言が重視された。

かれらは二人とも、艦が急速潜航をおこなった直後、

「機械室浸水！」

という伝令の声が伝声管から流れ出たことを、証言した。

容易に想像されるのは、機械室の上方にある給気筒の弁がひらいていたため海水が流入したのではないか、と疑われた。が、各弁の完全閉鎖は、赤い標示灯の点灯で自動的に確認される。哨戒長は、その点灯を目認した直後、「潜航急げ」の号令

をかけたはずで、他のなんらかの理由で機械室に浸水したのではないかという意見も出された。

結局、翌日は、潜水夫を使って給気筒の弁を調査することになった。

その日、漁船に引揚げられる寸前に死亡した鬼頭忠雄一曹の遺体が、松山航空隊で荼毗《だび》に付せられ、遺骨が「長鯨」に送りとどけられてきた。「長鯨」では、一番船倉甲板に祭壇を設けて安置した。

救出されてから、岡田一曹の態度は異常だった。司令部員の事故に関する質問には答えるが、他の者から声をかけられても口をきかない。かれは、沈鬱な眼で海ばかりながめていた。小西少尉には、かれの気持を察することができた。岡田一曹は、水雷学校、潜水学校の出身者で、五年間も潜水艦に乗りつづけている下士官だった。履歴をみると、「伊号第五十三」「伊号第五十七」の各潜水艦乗組みとなり、開戦時にはイギリス東洋艦隊旗艦「プリンス・オブ・ウェールズ」と戦艦「レパルス」の追尾作戦にも従事、ミッドウェイ、アリューシャン作戦にも参加している。潜水艦乗りには、乗組員全員がともに死をうけいれるという信条がある。沈着に死を迎えることを本望とし、そのように岡田一曹も部下を教育してきたはずであった。

そうしたかれにとって、艦外に脱出し生き残ったことは、部下に対する背信行為だと思っているにちがいなかった。

その夜、小西少尉は、鬼頭一曹の遺骨の前で合掌した。息をあえがせて泳いでいた鬼頭一曹の白けた顔や、ふやけたように大きくひらいていた肛門がしきりによみがえった。

岡田一曹は、悄然と頭を垂れている。小西少尉は、岡田一曹が自ら死をうけ入れようとしているのではないか、という不安さえおぼえた。

その夜、岡田一曹は鬼頭一曹の死を悲しんで、祭壇の前に寝た。

翌早朝から、事故原因の究明作業が開始された。

潜水夫が数名、艦橋の後部にある給気筒を調査するため潜水していった。その結果、思いもかけない事実が判明した。浮上してきた潜水夫は、黒ずんだ短い丸太を手にしていた。それは、直径五センチ、長さ一五センチほどの円材だった。潜水夫の話によると、給気筒の頭部弁から気泡が湧いているので調べてみると、弁の間に円材がはさまっていたという。つまり、その円材のために弁が完全に閉鎖されず、急速潜航と同時に、その間隙《かんげき》から海水が浸入したことがあきらかになった。

そのことから、一つの疑惑が生れた。頭部弁が閉鎖されていなければ、赤い標示灯は点灯しない。哨戒長が急速潜航を急ぐあまり、点灯を確認せず潜航を命じたのか。それとも、想像を越えた他の理由によるものなのか。その点についてはあきらかにされなかったが、事故原因は明確にされた。

円材の出所が、追及された。その結果、「伊号第三十三潜水艦」が呉工廠で入渠修理中に給気筒内に落ちこんだものであることが判明した。つまり工廠員が、修理完了後の清掃を怠ったため、円材を発見することができなかったのである。

究明作業は、円材の発見によって終了、沈没位置をしめす簡単な赤い浮標が残されただけになった。

小西少尉と岡田一曹は、その後、残務整理のため「長鯨」にとどまったが、由利島の越智松三郎という漁師が出漁中、「伊号第三十三潜水艦」の沈没事故を目撃したという話もつたえきいた。

越智は、午前八時ごろ由利島と青島の中間海面で潜水艦が訓練しているのを、漁船の上からながめていた。

午前八時ごろ、潜水艦から空気の噴出する音が起った。それは、メインタンクの空気を排出し海水を導入する音で、何度も潜水艦の潜航を見たことのある越智は、潜航を開始する、と思った。

艦は、艦首をさげて潜航し、やがて、海水を白く泡立たせながら海中に没していった。

かれは、また漁をはじめたが、三、四分してから、ふと異様な気配を感じて顔をあげた。潜水艦の前部が海面上にあらわれていて、十分間ほど静止していた。それから、徐々に沈下すると再び海中に没していった。

越智は、いつもとは異なった光景なので、その日、漁を終えて由利島にもどると、同島におかれた海軍の見張所に届け出たという。

このことから考えると、「伊号第三十三潜水艦」は、一度海底まで沈んだ後に、艦首を上にして浮上し、再び沈降して海底深く没していったのだ。

艦から脱出した幸前大尉らの遺体捜索は、その後もつづけられた。漂流しているか、それとも島か陸地に打ち上げられているだろうと想像されたが、その後、どこからも発見の報告はなかった。外洋へ流出したのか、それとも海底深く沈んでしまったのか、五名の乗組員の姿は消え、遺品らしきものも発見されなかった。

二

昭和二十八年二月、「伊号第三十三潜水艦」沈没位置附近の海面に一隻の小型船が浮んでいた。

乗っているのは、呉市にある北星船舶工業株式会社の経営者又場常夫であった。

又場は、少年時代に呉海軍工廠に入廠し、沈船の引揚げを数多くおこなってきた技術者だった。

最初に沈船引揚げ作業に従事したのは、大正十二年に淡路島附近で沈没した「第七十潜水艦」で、かれは、十九歳という若さだった。かれは、その折に引揚げ作業の技術を山県という技師からたたきこまれ、豊後水道で九三メートルの深海に沈んだ「伊号第六十三潜水艦」をはじめ、主要な引揚げ作業に工廠の船具工場技手として積極的にとりくんできた。

戦争終結と同時に、かれは職を失ったが、年来の技術を生かしてサルベージ会社を興した。戦後、かれの手がけた引揚げ艦船の数はおびただしく、昭和二十三年に呉港三ツ子島で空母「天城」(二二、〇〇〇トン)を手初めに、巡洋艦「利根」(一一、九〇〇トン)、「大淀」(八、一六四トン)、潜水艦「伊号第百七十九」「呂号第二十三」「伊号第三百五十二」「伊号第六十一」、また㋾艇と称された陸軍の潜水輸送船「第二十六号」「第二十四号」の浮揚のほかに戦艦「伊勢」(三五、八〇〇トン)「日向」(三六、〇〇〇トン)の排水作業もおこなった。

そうした浮揚をつづけながらも、かれは、しきりに「伊号第三十三潜水艦」のことを思い起すようになっていた。

かれは、トラック島泊地での「伊号第三十三潜水艦」の引揚げ作業には直接関係しなかったが、呉に曳航されて後の修理には従事した。偶然にも、トラックで沈没した折に生き残った同艦乗組みの一下士官が、又場の直属の部下の娘婿であったことから、艤装員たちとの接触も多かった。その下士官は、

「又場さん、今度また沈んだら引揚げて下さいね」

と、冗談まじりに言ったりしていた。

やがて、「伊号第三十三潜水艦」は、修理工事と公試も終えて、訓練のため出動してゆき、二週間後に由利島と青島の中間海域で沈没事故を起した。

かれは、工廠救難隊員の一人としてすぐに現場に急行した。その折に、生存者はわずかに二名で、かれの部下の娘婿である下士官の遭難も知った。

戦局は極度に悪化し工廠の余力も失われていたため、引揚げ作業はおこなえなかったが、それが、かれの悔いとして残っていた。沈没位置も想定がつくし、かれは、自分の手で「伊号第三十三潜水艦」を海面に浮上させたかった。

スクラップは高い価格で売買されていたので、戦時中沈没した艦船を引揚げてスクラップ化すれば、作業に要する費用を差引いても、かなりの利益をあげることができた。そのため、サルベージ会社は、競い合うように瀬戸内海に沈む艦船の引揚げ作業を活潑におこなっていたが、「伊号第三十三潜水艦」には手を出そうとはしなかった。理由は、艦の沈没している海底が水深六〇メートルという深さで、その上、附近は潮流がはげしく、作業を成功させる自信がもてなかったからである。

又場は、戦時中、呉工廠技手として深海での沈船引揚げ作業をおこなった経験から、同艦の浮揚作業も決して不可能ではないと思った。それに、「伊号第三十三潜水艦」に関する資料も豊富に持っていたので、引揚げを決意し、沈没艦船を国有財産として保管している大蔵省から払下げてもらうため、中国地方財務局に許可申請を提出した。が、書類の提出に手間どっている間に、他のスクラップ業者に許可がおりてしまった。

又場は、諦めることが出来ず、この業者に権利の譲渡を交渉し、約三百五十万円で引揚げ許可権を手中にした。

かれは、引揚げ準備に着手すると同時に、「伊号第三十三潜水艦」の沈没位置を確認するため船を出した。

沈没直後にとりつけた浮標は、むろん、海面からは消えていた。かれは、当時の記憶をたよりに、三本の錘《おもり》をつけたロープを垂らして船を走らせた。海図をみると、たしかにその附近なのだが掃海の反応はなく、四日間船を走らせたが、沈没位置を確認できなかった。

又場は、暮れてゆく瀬戸内海の海面をながめた。沈没直後、現場におもむいた時には、海面に重油が湧出していた。さらに、潜水夫は海中にもぐって船体を確認、遺体を二体引揚げ、ハンマーで艦内の反応をうかがった。そうしたことから考えても、必ず「伊号第三十三潜水艦」はこの海のどこかに身をひそませている。九年間の歳月は、船体を錆びつかせ、貝類や海草におおわれているだろう。そして、それは、巨大な鉄製の棺のように多くの遺骨をおさめているのだ。

かれは、遠ざかる海面を見つめながら、沈没位置の確認方法について思案した。

その夜、宿にもどったかれは、ふと、漁師たちに話をきいてみようかと思った。「伊号第三十三潜水艦」が沈んでいると推定される海域は、さかんにハエ縄漁やタコ漁がおこなわれている。かれらは、船上から釣糸をつけたロープやタコ壺をつけたロープを深く垂らして、海底から獲物を得ている。そうした生活をつづけているかれらは、海中の事情もよく知っているはずだった。

かれは、漁師の意見をきくことに定めて、翌日、由利島におもむくと、ハエ縄漁やタコ漁をしている漁師たちの間を歩きまわった。

かれが海図をひろげて推定される個所を指し示すと、一人の老いた漁師が、たしかにその附近にはなにかあると言う。漁師は、「邪魔物」という表現を使ったが、或る個所にロープをおろすと、必ずなにかに引っかかって釣糸やロープが切れてしまう。そのため、その部分を避けて漁をするようにしているのだという。

又場は、その漁師に案内してくれるよう依頼し、漁師をのせて沈没推定海面に船を走らせた。

現場附近に到着すると、漁師は、しきりに近くの青島と由利島の島影を見つめ、さらに、松山市方向の海岸をうかがった。かれは、山容や岬の形を望見して漁場の位置を知るのだ。船は、かれの細かい指示によって移動していった。

やがて、かれは船をとめるように言った。

「このあたりだ、邪魔物があるのは……」

漁師は、船べりに立つと腕を大きく動かして円をえがいた。

又場は、錘のついたロープを海中に投じさせ、漁師のさし示した海面をゆっくりと船を進ませた。

五〇〇メートルほど行ってから舳をかえし、航路をずらして引きかえした。そんなことを何度かくり返しているうちに、ロープの先端につけた錘にたしかな反応があった。

又場の顔に、喜びの色がうかんだ。かれは、その附近を中心になおも船を動かしてみると、錘が硬いものに何度も当る。かれは、長年の経験で、自分の乗る船の真下に「伊号第三十三潜水艦」が沈没していると断定した。

又場は、漁師に謝礼を手渡し、急いで呉市にもどると、本格的な浮揚準備に着手した。

現場で慎重に水深を計測してみると、「伊号第三十三潜水艦」の沈没している海底は、海面から六一メートルであることがあきらかになった。

数多くの沈没艦船を引揚げてきたかれにとっても、六一メートルという水深は大きな脅威であった。日本の沈船引揚げ技術は世界最高の水準をもち、昭和十四年に沈没した「伊号第六十三潜水艦」の引揚げ成功は、九三メートルという海底からの引揚げで、潜水作業の世界最深記録になっている。「伊号第三十三潜水艦」の沈没位置の六一メートルという水深は、「伊号第六十三潜水艦」、「伊号第六十一潜水艦」の六五メートルにつぐもので、それが成功すれば、世界第三位の記録となるものであった。

かれは、まず、同艦の引揚げ方法について考えた。沈船の引揚げは、水中で解体する方法とそのままの姿で浮上させる方法がある。解体させた方が容易だが、艦内には魚雷十七個をはじめ砲弾も搭載されていて、作業中に爆発のおそれがある。それに、艦内の遺骨、遺品を収容するためには、解体せずに浮揚させることが望ましかった。

かれは、「伊号第三十三潜水艦」の非解体浮揚を決意した。

潜水班長としては、空母「阿蘇」をはじめ多くの沈船引揚作業に従事した山本嘉次郎をえらび、経験豊かな潜水夫、作業員三十七名をそろえ、クレーン船をふくめた三隻の作業船に器材を積載した。また、艦を浮揚させるタンクを二十個用意した。それは、直径四メートル長さ一〇メートルの巨大なタンクで、内部に空気を入れ沈んでいる艦の船体を吊り上げる機能をもっていた。

四月九日早朝、かれは、隊員とともに三隻の船に乗って呉を出港、沈没個所に近い青島に到着、その地に現場事務所を設置した。

翌十日、作業隊は、サルベージ船に乗って沈没海面におもむき、その日から潜水夫による調査がはじまった。

六一メートルの深海なので、潜水には大きな危険がともなう。水圧が高まるため、潜水夫が潜水病におかされ死亡することも多い。海底までは約二分間でおりられるが、深海なので五分間以上はとどまることができない。それに、浮上するときも直接海面まで上ってくると、人体が水圧の急激な変化に順応できず、死にさらされる可能性が高かった。そのため、海底からはなれた潜水夫は、水深三〇メートルの位置にまで上ってくると、そこで三十分間停止して水圧になじむようにする。そして、水深一五メートルの位置で三十分、七・五メートルの位置で三十分、つまり、途中で計一時間三十分休息した後、ようやく海面に浮び上ってくるのである。

又場は、七名の潜水夫を交互にもぐらせて、艦の位置を確認することにつとめた。その結果、艦首、艦尾と中央の艦橋位置がはっきりとし、そこに、浮標をつけたロープをとりつけた。

海面に、三個の浮標がうかび上った。それは、「伊号第三十三潜水艦」の一〇八・七メートルの全長をそのまましめしたものであった。

潜水夫の報告によると、海底附近は、時速三・五ノットのはげしい潮流があり、体が押し流される。また、船体が泥に埋もれているので、諸部分をしらべることがむずかしく、さらに、浮游している埃《ほこり》状の土が多く、海中灯の光も短い距離しか照らし出さないという。作業は、あらためて困難なものとなることが予想された。

又場は、「伊号第三十三潜水艦」の模型を前に、技術陣に説明をおこなった。

かれは、同艦の重量を入念に計算した結果、艦の重心点が、艦橋のすぐ後にあることをつかんだ。つまり、その重心点を吊り上げるようにすれば、排水量二、一九八トンの「伊号第三十三潜水艦」は、水平の状態で浮上することになる。模型には、十八個の浮揚タンクをつけたロープが、重心点を中心にして艦首、艦尾附近と艦橋の近くに結びつけられていた。しかも、そのタンクの位置は、水面下一〇メートルと二〇メートルの位置に分けて設置されていた。

かれの浮揚方法は、この十八個の一〇〇トンタンクに空気を注入して「伊号第三十三潜水艦」を海底からはなそうというのだ。もしも、そのタンクが艦を吊り上げ、水面下一〇メートルの位置におかれたタンクの群れが海面におどり上れば、艦は、海底をはなれて一〇メートル浮き上ったことになる。もしも、それが成功すれば、作業は半ば以上成功したと言っていい。

吊り上げた艦にはワイヤーをとりつけて、曳き船を使って曳航する。移動させる場所は、水深五〇メートルの海底である。さらに、その位置で再び浮揚タンクをとりつけて吊り上げ、段階式に浅瀬へ浅瀬へと移動させてゆく。しかも、その海底は、潮流もゆるやかな作業に便利な位置でなければならなかった。

又場は、地図をさししめして、

「最後には、この位置に持ってゆく。水深は約一〇メートルで、潮流もほとんどゼロに近い」

と、技術陣に言った。それは、沈没海面から一七キロほど東北方の距離にある松山市に近い興居《ごご》島の島かげだった。

技術者たちは、うなずいた。しかし、かれらは、六一メートルの深海でおこなわれる浮揚タンクとりつけ作業の困難さに、表情をこわばらせていた。

又場は、青島の基地から現場に通っていたが、本社との連絡が不便なので、松山市に近い三津浜に現場事務所を移した。

浮揚タンクが現場にはこばれ、取りつけ作業が開始された。船体にとりつけられる八インチワイヤーが、海中に投じられる。潜水夫は、ワイヤーの固縛《こばく》作業をはじめた。

しかし、海底におり立った潜水夫の作業時間は、わずか五分しかない。しかも、浮上してくるまでに海中で一時間三十分も休息をとらねばならない。又場は、完全浮揚まで四カ月間を必要とするだろう、と予想した。

かれは、平然と指揮をとっていたが、激しい不安も感じていた。ベテランの潜水夫たちばかりだとはいえ、六一メートルの深海作業をした者は、一人もいない。その上、潮流がはげしく、海の荒れる場所でもあった。かれは、常に晴雨計を手にして、気象状況に注意をはらっていた。

四月下旬から五月に入ると、例年のように天候が不安定になった。雨の日も多く、海上が波立つようになった。そうした中で、潜水夫は、根気よくワイヤーの船体とりつけ作業をすすめていった。

又場の顔は、潮風にさらされ、陽光を浴びて黒くなった。

かれは、時折り、艦内の遺体を思った。当時の資料をしらべてみると、百四名の乗組員のうち二名救出、三名の遺体収容、さらに、艦外脱出後行方不明になった五名の者をのぞくと、九十四名の遺体が残されているはずだった。それらの遺体は、戦時中、事故艦を引揚げて収容すれば殉職扱い、艦から収容しなければ戦死扱いにされた。それは、海軍軍人の死体が水葬されたことでもあきらかなように、海を墓所とする考え方から発したものなのだろう。

戦後、沈没した艦の引揚げについて、旧海軍軍人の中には、むしろ、死者はそのまま海中にとどめておくべきだ、と主張する者がいることを耳にした。事実、又場が艦船の引揚げをはじめる度に、会社へ不必要なことはするな、と電話をかけてくる者がいた。終戦後八年経過して、年々、そのような電話は少くなっているが、それでも、決して皆無になったわけではない。

旧海軍の一員であった又場は、そうした考え方がわからぬわけでもなかったが、かれは、そうした電話がある度に、

「戦争も終りましたし、遺族の方のことも考えますと……」

と言って、弁明するのを常とした。

かれは、戦後、数多くの艦船を引揚げるたびに、どこからともなく集ってくる遺族の姿をみた。かれらは、まだ船体が浮上しないのに、海面に花束を投げ、合掌し、船体の一部が海面から姿をあらわすと、号泣する。

又場の会社には、「伊号第三十三潜水艦」引揚げのニュースをどこでとらえたのか、報道関係からの問合わせ電話がかかるようになっていた。やがて記者たちは作業現場にやってきて、取材をはじめるだろうし、報道でもされれば、遺族たちが姿をあらわすにちがいなかった。

作業は、遅々として進まない。ワイヤーのとりつけ作業は困難をきわめ、浮上してきた潜水夫の顔には一様に濃い疲労の色がうかんでいて、放心したように坐りこんでいた。六一メートルの深海での作業は、かれらに想像以上の苦痛をあたえてい

た。

五月中旬に入って、ようやくワイヤーのとりつけ作業が終了し、巨大な一〇〇トンタンク十八個が海面に集められた。それらのタンクに適量の水が注入されると、タンクは一個ずつ海中に没していった。

まず水面下二〇メートルまで沈下したタンクに、ワイヤーとりつけ作業が開始された。

潜水夫が、つぎつぎと海面下にもぐってゆく。

又場は、声をからして、

「ワイヤーとタンクをしっかりつなぎとめろ」

と、潜水夫たちに指示していた。

水面下二〇メートルのタンクとりつけ作業を終えた後、水面下一〇メートルに沈下しているタンクを、ワイヤーに結びつけた。

その作業を終えたのは、五月十九日の日没近くだった。

翌日は、船体にとりつけられたワイヤーと、浮揚タンクの点検がおこなわれ、すべて異常のないことが確認された。六一メートルの海底に鎮座した「伊号第三十三潜水艦」には、十八個の一〇〇トンタンクをつけたワイヤーがとりつけられたのだ。

五月二十一日の朝を迎えた。

又場をはじめ作業船上にある者たちの顔には、緊張した表情がうかんでいた。

又場の計算では、十八個の一〇〇トンタンクに空気を注入すれば、排水量二、一九八トンの「伊号第三十三潜水艦」の船体は、海底をはなれて一〇メートル浮き上るはずだった。が、艦の重量が九年間海底におかれていた関係から、なんらかの理由で増加しているかも知れないし、艦内に大量の泥がつまっていて、そのためワイヤーが、その重量にたえきれず切断してしまうかも知れない。また、潮流の激しい個所であるので、浮上した船体が流れにあおられて、ワイヤーに異常な、圧力をあたえることも予想された。

かれは、一刻も早く水深六一メートルの位置から艦を移動させたかった。そのためには、まず一〇メートル浮揚作業を成功させねばならなかった。

吊り上げ作業時刻は、干潮時と定められた。

調査の結果、現場附近の海面の満潮干潮の水位の差は、約四メートルであった。四メートルという水位の差は、作業にとって重大な意味をもっていた。艦の位置は、それだけ水面に近づくことになり、もし一〇メートル浮揚させれば、満潮時の水位から一四メートル吊り上げたことになる。

又場は、干潮時刻にそなえて第一回浮揚作業の開始を命じた。

まず、水面下二〇メートルの海中にある一〇〇トンタンクに、高圧空気を注入しはじめた。タンク内に空気が入ると、内部にある海水は空気に押されて排水口から排出され、弁が閉じられる。

水面下二〇メートルのタンクに空気が充満するのには一時間三十分を要し、水面下一〇メートルのタンクには四十五分間かかる。その所要時間の差は、むろん、それぞれの位置の水圧の差によるものであった。

潮が干《ひ》きはじめ、又場は、タンク内への空気注入の完了を見守った。タンクへの空気注入が終りに近づいた頃、水面下一〇メートルに設置されたタンクが、徐々に海面にむかって近づきはじめているのが認められた。

又場の胸に、熱いものがつき上げてきた。九年前に沈没した「伊号第三十三潜水艦」が、浮揚タンクの群れに吊り上げられて海底をはなれようとしている。かれは、作業員と作業船の上から海面をみつめた。海面の数個所に、水の乱れがみえ、それが徐々に激しく拡大してゆく。

浮いてくれ、浮いてくれと、かれは胸の中で叫びつづけた。水面下一〇メートルの浮揚タンクが海面に姿をあらわせば、艦は海底から一〇メートル上昇したことになる。作業員たちは口をつぐみ、身じろぎもせず海面にひろがる渦《うず》に視線をそそいでいた。

しばらくして、突然青い海水の中から巨大な浮揚タンクが、すさまじい水しぶきを上げて海面におどり上った。たちまち、あたりに激しい水煙があがり、海面は白く波立った。

「やった、やった」

作業員が叫んだ。

傍にいた潜水夫が、両手をあげ、

「バンザイ」

と叫ぶと、船にいた者たちも、かすれた声で何度もバンザイを叫びつづけた。

タンクの浮揚によって波が起り、船は大きく動揺した。海面に浮び上ったタンクの数は四個で、それは艦首附近にとりつけられたものだった。そして、艦橋附近のタンクにつづいて、艦尾附近のタンクも、海面に水しぶきをはねあげて姿をあらわした。

又場は、艦が一〇メートル浮上したことを知った。

かれは、涙ぐんでいる作業員に、次の作業にとりかかるように命じた。タンクにつないだ空気を注入するホースは、すでに不要になっている。それを撤去して、満潮時までに艦を浅い場所に移動させなければならない。

小船に作業員が乗りこんで浮揚タンクに近づいてホースをはずすと、クレーン船の大鳥丸に取込んだ。

さらに、艦首にとりつけた太いワイヤーが大鳥丸に結びつけられ、大鳥丸の前方に待機している新宝丸にワイヤーが連結された。

又場は、準備が完了すると、

「曳航作業開始」

と、命じた。

各船にエンジンの音が起って、船尾のスクリューが海水を激しく泡立たせて回転しはじめた。幸いにも海面は凪《な》いでいて、淡い島影が遠く近くかすんでみえる。各船は、エンジンを全開して始動し、ワイヤーは強く緊張した。

又場は、ワイヤーの切断を恐れたが、新宝丸も大鳥丸もかすかに動き出している。それは一〇メートル吊り上げられた艦が、海中を巨鯨のように動きはじめたことを意味していた。

作業員たちの顔に、再び緊張の色がみなぎり、生き物のようにふるえているワイヤーを見守っている。浮揚タンクも、海水を分けるように移動してくる。

曳き船は、濛々と煙突から黒煙を吐き、全力をあげて進んでいるが、その動きは艦の重量をもてあましたような遅々としたものだった。船は、興居島方向に舳をむけていた。満潮時までに水深四七メートルの位置に運ばねばならない。

しかし、曳航を開始して間もなく、船はほとんど動かなくなってしまった。激しい潮流にまきこまれて、艦が逆方向に押されはじめていた。又場は、あらためて海中に吊り上げられている艦の重量を意識した。せっかく吊り上げに成功したのに、潮流によって曳航が不可能になれば、ワイヤーが切断される事故が発生するかも知れない。

そのうちに、曳き船が逆行しはじめた。艦が、自ら鎮座した海底方向にもどろうとつとめているようにも思えた。しかし、又場にはとるべき適当な処置はなかった。潮流のおもむくままに、浮流する以外になかった。

そのうちに、曳き船の動きがとまり、つづいて徐々にではあったが前方に進みはじめた。潮の流れに変化が起ったのだ。作業員たちの顔に、安堵の色がうかんだ。

その日の午後、曳き船は、沈没位置から東北方約六キロの海面で動きをとめた。水面から錘をつけたロープを投じて深度をはかると四七メートルで、艦は、その底を海底につけていた。海図をしらべてみると、そこは水深四五メートルで、潮が満ちているため水位が二メートルほど上っていることが確認された。

又場は、第一回目の移動に成功したことを祝って、作業員をねぎらった。

翌日は、全員休息をとって、翌々日の早朝から再び第二回目の移動を目ざして作業が開始された。

水面上に浮び上っている浮揚タンクに水を注入して、水面下二〇メートルまで沈下させる。すでに水面下一〇メートルの位置には、浮揚タンクがそのまま残されていた。タンクの設置は、一週間ほどで終了した。

五月二十九日、浮揚作業をおこなおうとしたが、天候不順のため中止し、二日後の早朝から実施された。

その日も、水面下一〇メートルの位置におかれたタンクを浮上させることに成功、さらに、一〇メートル吊り上げられた。ただちに曳航が開始され、満潮時に興居島方向に近い水深三五メートルの海底に艦を移動させることができた。

しかし、その日の浮揚作業を見守っていた又場は、頭をかしげた。

疑惑は、第一回の浮揚作業の折からかすかに胸にきざしていた。

かれは、綿密な計算のもとに艦橋のすぐ後方に重心点があることを見出し、艦の重量と水圧を計測して、重心点を中心に十八個の浮揚タンクをとりつけた。かれの予想では、艦が水平に吊り上げられ、浮揚タンクもほとんど同時に海面へおどり出るはずだった。しかし、第一回の浮揚時には、まず艦首附近にとりつけられたタンクが浮き上り、つづいて艦橋附近のタンクが浮揚した後、ゆっくりと艦尾附近のタンクが海面に姿をあらわした。さらに第二回目の浮揚時にも、第一回と同じように艦首附近のタンクが最初に浮き上ってきた。水平には浮揚してこないのだ。

かれは、重心点のとらえ方に誤りがあったのか、と、さまざまな要素を考え合わせて計測し直したが、計算に誤りはなかった。

艦首附近のタンクが早目に浮上するということは、艦首部分の浮力が艦尾部より大きいことを意味している。

ようやくかれは、その理由をつかむことができた。艦首部分に浮力があるのは、艦内に水の浸入していない区画があることをしめしている。潜水艦に浸水事故が発生した折には、流入する海水をふせぐため防水扉をしめる。当然、そこには空気が残り、艦に浮力をあたえる。

浸水していない区画があるのだ……と、かれは、胸の中でつぶやいた。

艦首部分の区画とすれば、最前部に魚雷発射管室とそれに附属する前部兵員室がある。かれは、その部分が浸水をまぬがれている、と判断した。

かれは、早速、発射管室、前部兵員室の容量を計算し、その部分に水がみたされた場合には約二五〇トンの重量になることをつきとめた。そして、重量計算をやり直し、重心点を八メートル弱、艦尾方向へ移した。

艦の前部に空虚な部分があるということは、かれの気分を明るませた。防水扉がとざされているならば、兵員室と発射管室には乗組員がいたはずである。かれらは、或る時間生存していて悶死《もんし》していっただろうが、その遺体は完全な形で残され、氏名も判明するだろう。遺品も収容できるし、もしかすると、壁には遺書の走り書きも刻まれているかも知れない。それは、悲惨な光景にちがいないが、遺族は遺骨を手に入れることによって慰めとするだろう。

それに、技術的にも、その部分が空虚であることは、かれにとって好ましい条件だった。まず浮力の点で、その部分に空気が残されていることは、浮揚作業をそれだけ容易にする。さらに、魚雷発射管室が浸水を受けていないことは、作業保安の上で喜ぶべきことであった。

発射管室には、魚雷が十七本格納されているはずであった。もしも、室内に海水が入っていれば、薬液がながれ魚雷の尾栓を腐蝕させるおそれもある。安全装置のこわれた魚雷は、衝撃を受けて爆発する危険性があるし、そのような事故が起れば、魚雷はつぎつぎに誘爆をおこして、船体とその浮揚作業にしたがう作業員の肉体を飛散させてしまうだろう。

空気が残っていることは、作業の進行と保安の点で歓迎すべきことであった。作業は予定以上に順調に進んで、第三回のタンクとりつけ作業もはじめられた。

しかし、六月四日、台風が来襲し、又場は顔色を変えた。浮標タンクは激浪にあおられ、高々とせりあげられると、次には波の谷間に落ちこんでゆく。ワイヤーがきれればタンクは流れ出し、作業船に激突してくるかも知れなかった。

又場は、激しい風雨の中で、作業員とともにワイヤーの固縛に走りまわった。

幸い、タンク流出事故もなく台風が去ったので、タンクの取りつけ作業が再開された。

梅雨の季節がやってきた。

その頃から、新聞社の記者やカメラマンたちが、三津浜から漁船をチャーターして姿をあらわすようになった。

いつ頃完全に浮揚するのか、という記者たちの質問に、

「七月下旬」

と、又場は答えた。

かれらは、海面にうかぶ浮揚タンクや海中にもぐってゆく潜水夫の姿にカメラを向けたり、作業員に作業内容をたずねたりしていた。

「浮揚近し　イ号33潜水艦」などという見出しのもとに、大きな記事が掲載されるようになった。そして、呉市の会社にも、遺族らしい人が引揚げ予定日の問合わせに訪れてきたり、電話をかけたりしてくるようになった。

そうした中で、第三回の浮揚作業がおこなわれ、六月十二日には、艦を吊り上げて水深二一メートルの位置にまで移動した。そこは、興居島南端の御手洗海岸から沖合三〇〇メートルの位置であった。

又場は、さらに御手洗海岸の浅瀬への移動をくわだて、一部のタンクは直接船体

にしばりつけて、一〇メートルの吊り上げ作業を開始した。空気がタンクに注入されると、タンクが次第に浮上した。

「見えてきたようだ」

若い作業員が、声をあげた。

又場は、海面に眼をこらした。海水の色が、かすかにちがっている。それは、長く大きな船体の輪郭をわずかながらもしめしていた。

曳航が開始され、やがて、海岸の近くで艦は着底し、停止した。水深は、約一〇メートルの位置であった。船体は、水深六一メートルの海底から五回にわたる浮揚作業で、遂に深さ一〇メートルの浅瀬にまでたぐり寄せることに成功し、その場所で完全浮揚をおこなうことになった。

現場には報道関係者がつめかけ、見物人が小舟に乗って集ってきた。かれらは、海中に眼をこらして艦の姿を追っていた。

又場は、完全浮揚をはかるため、船体にタンクを直接とりつけさせたが、作業は困難をきわめた。艦首部分は、空気が入っているため少量のタンクでも浮き上るが、それだけ艦尾方向に多くのタンクをとりつけねばならない。又場は、艦尾部分にすき間なくタンクを連結させて全体の浮力を計算してみたが、それでも、艦首が先にもち上って、艦が水平に浮き上ることは期待できそうにもなかった。

艦首が先に浮上すれば、船体は傾斜し、固着されたタンクもそれにともなって傾く。タンクが傾くと、その弁がひらいて内部の空気が噴出し、代りに水が入って浮力が減少するという現象が起る。当然、艦は、浮力を失って、再び沈下してゆくことが予想された。

しかし、他に適当な方法もないので、予定通り十八個のタンクを使って浮揚させることになった。一〇〇トンタンクに水が注入されて水深一〇メートルの海底に沈められ、それを追うように潜水夫が海中にもぐっていった。

六月二十日、タンクの取りつけ作業は完全に終った。海上にはガスがたちこめ、霧状の小雨が降っていた。

報道関係者の数は急に増して、地元紙をはじめ中央紙の記者たちが、カメラマンをともなってつめかけていた。かれらは、又場や作業員に質問を浴びせると同時に、遺族の姿を探し求めた。

やがて、かれらは、小舟に乗って海面を見つめている初老の男を見つけ出した。それは、機関科の大久保太郎中尉の実兄で、記者の質問に口数も少く答えていた。

翌朝は、雨も上っていた。

午前五時、又場は、作業員を集合させると、浮揚タンク内に空気の注入を命じた。作業船上のエアコンプレッサーの音が、夜明けの空気をふるわせはじめた。空は朝焼けの色に染り、海は凪いでいた。

作業船上には報道陣がひしめき、その周囲には小舟がむらがっている。又場は、潜水班長らと肩をならべて、作業にこまかい指示をあたえていた。

空気注入作業をはじめてから二時間ほどたった頃、濃緑の色をたたえた海面の一部に、かすかな変化が起りはじめた。赤茶けた色が、海中から徐々に湧き出てきた。作業船上からも、周囲にむらがる小舟の上からも、為体《えたい》の知れぬどよめきが起った。又場のまわりでは、カメラマンのシャッターをきる音が満ちた。かれは、海面下に淡い輪郭をみせはじめた赤茶けた色を見つめた。

「やはり、頭から上ってくるな」

かれは、自分をとりかこむ者たちに言った。艦首方向には、空虚な部分が残されている。そこに充満した空気が、艦首をもたげさせているのだ。

エアコンプレッサーは、はじけるような音を立てて作動しつづけている。暗い海底に沈没してから九年目に、艦は陽光を浴びようとしている。

赤茶けた色はさらに濃さを増し、鋭い流線型をした艦首の形が、濃緑の海水の色の中にはっきりみえてきた。

又場は、何十回となく経験したことだ、と自分に言いきかせた。が、同時に、何度くり返してもその度に初めての経験のように興奮するものだ、とも思った。自分をとりかこむように立っている部下たちの間に、熱っぽい感動がひろがっているのを感じた。かれは、胸の動悸が音高く鳴るのを意識した。

突然、海面の一個所がかすかに割れた。艦首の先端が、海面に突き出たのだ。それは、遠慮がちに海水を押し分けるような静かな動きだった。

呻き声とも歓声ともつかぬ声が、又場の体を押しつつんできた。不意に、かれの咽喉《のど》に激しくつき上げてくるものがあった。かれの眼に、光るものがにじみ出た。遺骨をおさめた巨大な棺が浮上してくる。深海に身を沈ませていた鉄の構造物が、海面に姿をあらわした。それを自分たちの手で果すことができたことに、かれは、技術者としての歓びを感じた。

艦首が、徐々に海水を押しのけて浮上してきた。錆びた鉄だった。緑色や白色のものがついているのは、雑貝の類なのか。

「潜望鏡だ」

という叫び声がした。

艦首から五〇メートルほど後方の海面に、棒状のものが突き出てきていた。その先端が、閃《ひらめ》くように光った。楕円形のレンズの輝きだった。

夜間潜望鏡だ、と、かれは思った。かれは、ふと、或る情景を思い描いた。艦内は沈没とともに電源もきれて、電動式の昼間潜望鏡はその機能を失ったはずだ。艦の最上部にある司令塔では、手動式の夜間潜望鏡をあげて、艦の上方をさぐったのだろう。が、潜望鏡はなにもとらえることができず、空しく海水のみを映し出したにちがいない。

艦首は、浮揚タンク二個を両舷にかかえこむようにして少しずつ浮上し、さらに、その後から二個のタンクが姿をあらわした。

午前八時、艦首部分約四メートルが、二五度の角度で浮上した。

又場は、小舟を出して艦首に近づいた。偵察機を射出するカタパルトの軌条も、露出している。艦首の両脇に突き出ている潜航舵も、海水からはなれている。その穴に動くものがあった。ひしめき合うアナゴの群れだった。

深海に沈没していたためか、海草も貝の附着も少い。

かれは、潜望鏡に舟を近づかせた。表面はクロームの色がそのまま残されていて、腐蝕の跡はない。レンズは輝いていた。そのまわりにはフジツボが附着していて、潜望鏡は、楕円形の鏡面をもった螺鈿《らでん》細工のようにみえた。赤錆びた艦首部分とは異なって、九年間沈没していたものとは思えぬほど、潜望鏡は、妖しいほど美しいものにみえた。

かれの経営する北星船舶にとって、その船体は、スクラップ化して利益を回収しなければならぬ鉄塊であった。が、眼前に一部浮上した「伊号第三十三潜水艦」は、百体近くの遺骨をおさめた棺であった。かれには、まず、それらの遺骨と遺品を艦内から収容し、援護局の手を介して遺族に手渡さなければならぬ義務があった。

海上には、厳粛な空気がひろがっていた。潜水班長が、花束を夜間潜望鏡にくくりつけた。潜望鏡は、花の色彩に装われて、ひときわ美しいものにみえた。

正午近く、愛媛県知事一行がやってきて、艦首部で花束をささげ、又場が祭主となって作業船の上に設けられた仮の祭壇で、簡素な慰霊祭がおこなわれた。僧の読経が海上を流れ、いつの間にか姿をあらわした遺族が、浮上した艦首部に眼を据えながら、肩を波打たせて泣いていた。

慰霊祭が終ると、又場は、作業の再開を命じた。艦橋、艦尾部分にとりつけられた浮揚タンクに空気の注入が開始された。その日、夕刻までに、艦橋につづいて艦尾方向の一部も海面上に浮び出た。

翌日も作業がつづけられ、艦は、艦尾部分を残して海面上にせり上った。

報道関係者は、遺族を探し求めて「伊号第三十三潜水艦」浮揚の感想を得ることにつとめた。その中には、艦長和田睦雄少佐の遺児である和田貴子という十四歳の少女もいた。和田少佐夫人は、少佐が殉職する一年前に病死していたので、少女は、孤児となって母方の伯父の家にひきとられていた。

少女は、記者の質問に、

「両親の面影は、写真にみるだけで、なにもおぼえていません。時々お父さん、お母さんがいたなら、と思います。お父さんの乗っていた潜水艦が浮揚するのは、とても嬉しい」

と、語った。

また少女の伯父は、

「妹（艦長夫人）も早く死んでしまい、貴子がかわいそうです。あの子は、学校の成績もいいし……。睦雄さんが最後にあの潜水艦に乗る時、予感がしたのでしょうか、子供のことはよろしく頼む、としきりに言っていました。今度、ようやく遺骨が帰ってくるのですが、これが生きて帰ってきてくれたのだったら……。いずれにしても、これで霊も浮ばれます」

と、述べたという。

また、その日の新聞には、中国新聞出口記者が、小西愛明少尉とともに救出された岡田賢一一曹を探りあてたという記事ものっていた。

岡田は、意外にも浮揚現場に近い松山市三津浜に住んでいて、盲腸炎のため同市千船町の野元病院に入院加療中であった。ベッドに横たわった岡田の写真が大きく掲載され、沈没事故当時の情況やその原因が紹介されていた。

そうした遺族や生存者の記事もあって、「伊号第三十三潜水艦」の浮揚作業は、一般の人々の関心を大きくひくようになっていた。

又場の計画では、六月二十三日には同艦を完全に浮揚し、艦内の二千トン近い海水を排出して遺体を収容。二十八日頃には「大鳥丸」で呉に曳航し、七月四日頃に、呉市で盛大な慰霊祭をおこなう予定を立てていた。

六月二十三日の朝を迎えた。

その日は、完全浮揚をおこなうというので、報道陣は朝早くからつめかけた。しかし、深夜からの風が強まり、海は荒れはじめた。

艦首方向から艦橋にかけて浮き上っているタンクは、激しい波にもまれて上下し、互いに衝突し合う。作業は中止された。

又場は、顔をしかめた。艦は約二五度傾斜しているので、タンクも傾いている。巧みにその位置を調整して艦にとりつけてあるので、タンクの弁は開かないでいるが、波にあおられれば、弁が開いて空気が排出してしまうおそれがある。かれは、作業船上に立って、沖合から押し寄せてくる白い波頭を見つめていた。

かれの不安は、的中した。辛うじて艦を浮き上らせていたタンクの弁がひらいて空気が噴出、艦が、それに伴なって徐々に沈降しはじめた。そして、午後四時頃には艦橋につづいて潜望鏡、艦首部分も、すべて海面から姿を消してしまった。

又場にとっては或る程度予想していたことではあったが、完全浮揚寸前であっただけに、失望も大きかった。しかし、艦の浮揚が第一回目の作業で浮上するものでないことは、数多くの経験からも知っていた。

「伊号第三十三潜水艦」が昭和十七年九月にトラック島で沈没事故を起し、浮揚作業をおこなった時も、艦首が突然浮上してからまたたく間に再び沈んでいる。その原因は、艦内の空気が艦の浮上によって異常に膨張して艦橋のハッチカバーを吹き飛ばし、そのため、ハッチから海水が流れこんで再び沈没したのだ。

艦の内部には空気が残され、多量の海水も充満している。それらは、浮揚作業による水圧の変化や艦の動きに応じて、膨張したり移動したりする。そのため、十分な計算のもとに浮力をあたえても、予期しない現象が起って、再び沈下してしまうのだ。

又場は、それらのことも考え合わせて、気をとり直した。水深六一メートルの深海から一〇メートルの浅瀬まで手ぐりよせただけでも、作業はすでに成功したも同じで、完全浮揚は最後に残された作業にすぎない。かれは、技術者たちを招集すると、天候の恢復を待ってタンクを調整し、浮揚作業を再開することをつたえた。

翌日は波も静まったので、タンク位置を直して空気を流入、翌六月二十五日には、艦首部分を浮上させることができた。が、タンク故障のため沈下した。

又場は、根気よく作業をつづけさせた。同艦がトラック島で浮揚された時と同じように、艦内に残された空気が浮揚作業を開始するたびに移動して、船体に思わぬ動揺をあたえる。それがタンクの傾斜をうながして、タンク内の空気を放出させてしまう。

六月三十日には、潜望鏡についで司令塔も海面すれすれまで露出するほど浮上したが、艦内の残気の移動が察知できたので、作業を中止。翌七月一日早朝から作業を再開しようとしたが、艦は、またも沈んでしまった。

新聞には「伊号第三十三再び沈む」などという記事が連日のように掲載された。記者たちは、しきりに浮揚作業が困難をきわめている、と書いた。

又場は、艦内残気の流動を少くするためにも、さらに浅瀬へ艦を寄せる方が得策と考え、七月二日には御手洗海岸の浅瀬に船体を曳き寄せた。

暑い日がつづくようになった。鉄船である作業船は照りつける太陽に熱せられ、海面からは、水蒸気のような熱気が立ち昇っていた。

天候は不安定で、翌日には九州に上陸した台風が来襲するかも知れぬ、という予報があった。そのため、又場は浮揚タンクの流出をおそれ、その日におこなわれる予定の浮揚タンクへの空気注入作業を中止させた。そして、その代りに、艦内の諸区画に空気を送りこんで艦自身の浮力をたかめさせる作業をおこなうよう指示した。

その日の夕刻、一人の潜水夫が、魚雷発射管室の艦外脱出区画にもぐった。空気を注入するゴムホースをその部分にとりつけられるかどうかをさぐったのだ。

その区画には多量の泥がつまっていたので、潜水夫は、手で泥の除去につとめたが、そのうちに泥の中に硬いものが埋れているのに気づいた。つかんでみると、それは足の骨らしく、かれは海水でそれを洗って海面に出た。

遺骨が発見されたという報告は、作業船から三津浜の現場事務所につたえられた。潜水夫の話によると、泥の中にはまだ遺骨があるらしいというので、又場は、残っていると推定される遺骨を翌日引揚げることに定めた。そして、三津浜で棺を急造させ、また、「伊号第三十三潜水艦」の生存者元海軍一曹岡田賢一と、木下幸雄水長の遺族らに連絡をとって、立ち会ってくれるよう依頼した。

翌七月三日午前十時、又場は、岡田らと棺をたずさえて作業船に到着した。そして、棺の中に桔梗《ききょう》、グラジオラス、夏菊などの花を敷きつめた。

初めての遺骨が揚げられるという報に、報道関係者は、作業船上に集ってきた。

又場は、潜水班長山本潜水夫と他の一名に遺骨を引揚げるよう命じた。山本は、潜水服をつけて補助員をともない海中にもぐっていった。

やがて、山本が海中から上ってきた。カメラマンたちのカメラが一斉に向けられた。かれは、黒いものをかかえていた。それは、二個の頭蓋骨だった。

遺族が、顔をおおい泣き声をあげた。岡田が、泣きながらコールタールの塊のような骨を受けとった。眼窩《がんか》が深くくぼみ、一方の頭蓋骨は歯列が失われていた。頭蓋骨が、足の骨とともに棺の中に納められた。花の上におかれた骨は、一層黒々としたものにみえた。

その夜は予報通り風浪がたかまったので、作業母船一隻を現場に残し、他の作業船は三津浜に避難した。

翌日、波もしずまってきたので、艦内に空気を注入するため、艦の区画の水防工事がはじめられた。そして、翌五日からは後部兵員室のハッチにホースを送りこんだ。

その日、正午すぎから排水ポンプがすさまじい音をとどろかせて始動し、ホースから茶色い水が排出されはじめた。それは、ひどい悪臭にみちた汚水で、作業員や記者たちは鼻をおおって風上に身を避けた。

艦が浮上したり沈んだりして、容易に浮上しないのは内部に仏が残っているからだ、という説が、現場に流れるようになっていた。又場は、そうした空気の中で、あせらずじっくりと作業をすすめるべきだ、と自らに言いきかせていた。

作業員の努力で、艦首部が徐々に姿をあらわし、潜望鏡も海面に突き出てきた。又場は、それに力を得て、艦内排水と浮揚タンクの整備につとめさせた。

七月九日、かれは、今度こそ完全浮揚させようと浮揚タンクを増設し、まず、艦首部の浮上に成功した。問題は、艦尾部を浮揚させることであった。艦首部は比較的容易に浮き上るのだが、艦尾部が重く、いつも船体を海中に引きずりこんでしまう。又場は、艦尾部に浮揚タンクをとりつけてその浮上作業をおし進めようとしたが、日が没したので作業を中止させた。

かれは、舟で三津浜にもどり宿屋に入った。そして、作業班の幹部と、翌日からはじめる艦尾部の浮揚作業について、入念な打合わせをおこなった。

その夜、かれは十二時近くに寝についたが、間もなく宿の女中に起された。作業現場から電話がかかっているという。

かれは、不吉な予感におそわれた。ようやく浮上させた艦首部が再び沈下したのか、それとも、だれか負傷でもしたのか。深夜に現場から電話がかかってきたのは、初めてのことだった。

かれは、蚊帳から出ると、急いで帳場に行って受話器をとった。信じがたいことを告げる声が、受話器から流れ出てきた。

「なに、浮いちゃった？」

かれは、思わず甲高い声をあげていた。現場の作業員が夜半になに気なく海面をみると、沈んでいた艦尾部がいつの間にか浮上していて、艦全体が水平に浮び上っているという。

作業責任者の声ははずんでいて、再び艦が沈まぬよう作業員を動員して固定作業をつづけている、と言った。

受話器をおいた又場は、思わず苦笑をもらした。

冷静に考えてみれば、艦が浮上したことには、十分な理由がある。時刻は丁度干潮時にあたっていて、艦尾部にとりつけられた浮揚タンクは、低下した水圧のために水平になって浮力を増し、艦尾部を浮上させたのだろう。それに、艦尾部の区画内に空気も注入していたので、艦尾部そのものにも浮力がついてきていたにちがいなかった。

かれは、蚊帳の中に入ると、手足をひろげて仰向きに寝た。

「暑いな」

かれは、眼を閉じながら機嫌よさそうにつぶやいた。

翌朝早く宿を出た又場は、現場に急いだ。船の上から現場方向を見ると、たしかに作業船の傍に「伊号第三十三潜水艦」が水平に浮んでいる。むろん、完全浮揚しているわけではないが、艦の上部はすべて露出している。

かれは、眼を輝かせた。艦が水平になっているので、とりつけた浮揚タンクも傾くことはなく、今後、沈下することは決してない、と思った。

「おやじ、やったよ」

又場が作業船に上ると、若い作業員が声をかけてきた。現場の空気は、明るくなっていた。

作業は、最後の段階に入った。艦内は水びたしで、それを排水することによって、艦はさらに浮上してゆく。解体ドックに曳航するためには、艦それ自体の浮力を完全に恢復させなければならなかった。

潜水夫は、水防工事のため、水につかった艦内へしばしばもぐっていった。かれの話によると、どの区画も泥でうもれ、その下には遺骨があるらしく、歩くと貝殻のくだけるような音がするという。又場は、遺骨をふみくだくことが遺族の気持を損ないはしないかとおそれたが、作業の進行のためにはやむを得ないとも思った。

また、潜水夫は、又場の推測通り、魚雷発射管室とそれに附属する前部兵員室の第一、第二ハッチが完全に閉鎖されていて、その区画には浸水していないという報告ももたらした。

又場がそのことを報道関係者にもらすと、かれらの間に、大きな反響が起った。その区画内に兵員室があることからも、内部に乗組員がいたことはほぼ確定的である。浸水していなければ、遺骨以外に遺品もそのままの形で残されているはずだった。

例年にない猛暑がやってきた。

浮上した艦は、炎熱にあぶり出されたように、さまざまな臭いを発散するようになった。油がとけてにじみ出し、艦内の汚れた水からもしきりにメタンガスが湧き出ている。その中を作業員は、汗と油にまみれて働きつづけていた。

七月中旬もすぎると、ようやく艦内の水も残り少くなった。

その頃から、浸水していない魚雷発射管室と前部兵員室に対する報道関係者の関心は、一層たかまり、遺族も、その内部に肉親の遺骨と遺品が残されているのではないか、と期待するようになっていた。かれらは、ハッチがいつひらかれるのか待ちのぞんでいた。

七月二十一日、艦の完全浮揚作業が開始された。

報道関係者は、

「ハッチをひらくのは、いつです」

と、熱っぽい眼をしてきいた。又場は、ためらうことなく、

「明後日」

と、答えた。

記者たちの顔は、紅潮した。

その日の夕刊には、ハッチがひらかれれば遺骨、遺品の収容が期待される、という記事が掲載された。

三

七月二十三日早朝、愛媛県今治《いまばり》市の道を、一人の男が駅の方へ歩いていた。くたびれたアンダーシャツに半ズボンをはき、肩からカメラと布袋をぶらさげている。駅に近づくにつれて、通勤者が路地から湧き出て、路上の人の数は増していった。男は、今治駅に入ると、松山までの乗車券を買い、予讃線のフォームに立った。破れかけた麦藁帽の下からのぞくかれの顔は、皮膚がところどころはげて斑《まだら》になっている。顔だけではない。露出した首筋も両腕も腿も、白っぽく皮がむけていた。かれは、フォームに待ちながら、はがれかけた鼻梁の皮膚をそれが習慣になったような仕種でむいている。通勤者とは思えぬその姿に奇異なものを感じるらしく、遠くからいぶかしそうな視線を向けている者もあった。

かれは、人々の後ろから車内に身をすべりこませた。座席はすべて占められ、通路に立っている者が多い。

かれが通路を進むと、乗客の間にかすかな動揺が起り、かれが立ち止ると、それはさらに激しくなった。男の体から異様な臭気が発散している。腐った油の臭いのようでもあるし、汚水の臭いのようでもある。魚の腐臭にも似ていた。

周囲の乗客たちは、顔をしかめて男の姿に眼をむける。かれらは、そこに二十五、六歳の痩せた体をした男を見、露出した皮膚が斑になっているのに気づく。かれらは、眼を落し口をつぐんだ。

かれらには、カメラを肩からかけた男の正体がわからない。が、そのすさまじい体臭と斑な皮膚に、男がなにか特殊な病気におかされているのではないか、と想像しているようだった。

やがて、男の近くに坐っている男たちが、次の駅に列車が近づくと、降車客をよそおって立ち上り、他の車の方へ移ってゆく。自然とかれのまわりには、いくつかの空席ができた。

男は、乗客たちの態度に気分を損ねた様子もなく、空いた座席に坐ると、窓外に眼を向けながら顔の皮膚を休みなくむいていた。

かれは、自分の体から異臭が発散していることを知っていた。そして、乗客たちがその臭いに堪えきれずはなれてゆくことにも気づいていた。それは、毎日入浴しても消えることのない体にしみついたものであった。

男は、白石鬼太郎という中国新聞の今治支局の新聞記者であった。支局長という肩書はもっていたが、局員はかれ一人で、その地域の取材を担当していた。

二カ月ほど前、松山市の支局長である村井茂から、かれに取材の応援をして欲しいという依頼があった。村井の取材担当区域で、「伊号第三十三」という潜水艦の浮揚作業がおこなわれている。呉の北星船舶というサルベージ会社が、由利島と青島の中間点にある深海に沈んでいた潜水艦を、興居島御手洗海岸の浅瀬に曳航する予定だという。

水深六一メートルの深海からの浮揚作業は、世界的でもきわめて稀なことなので、各新聞社の記者の間で取材競争がはじまっている。残念なことにカメラマンがいないので、応援にきてくれというのだ。

白石は、少年時代からカメラに熱中し、戦後、復員してから本格的にとりくむようになった。撮影技術も巧みになり、暗室もそなえて現像も焼きつけもこなすようになっていた。さらに、中国新聞に入社してから、カメラ操作は実益をともなうことにもなり、取材と写真撮影を同時に兼ねた。村井がかれに求めたのは、カメラマンとしての能力だった。

白石は、先輩である村井記者の要請なので、本社の諒解も得て、今治市から浮揚作業現場へ通うようになった。

かれは、いつも松山市で村井記者と落ち合い、三津浜からチャーターした漁船に乗って御手洗海岸へとおもむき、現場の撮影に従事した。

「伊号第三十三潜水艦」が、初めて艦首を海面にあらわした時も、フィルムにおさめた。小舟を出して、フジツボにおおわれた潜望鏡のレンズや赤錆びた艦首部も撮影した。かれは、報道陣の一人として、日増しに「伊号第三十三潜水艦」に対する強い関心をいだくようになっていた。

艦は、浮揚したかと思うと、また海中に没した。かれは、その度にレンズをむけたが、ファインダーからのぞく赤茶けた船体は、分厚く、そして粗い体皮をもった巨大な海獣のように思えた。それは、浮上すると頭部をもたげたまま静止しているが、やがて、陽光をきらって身を没してゆくようにもみえた。

黒い頭蓋骨が二個収揚された折も、かれはシャッターを押しつづけた。それが棺の中におさめられた時、かれは、艦が多くの遺体をのみこんでいることを実感として意識した。

かれは、潜水夫に、艦の内部はどんな状態になっているのか、と問うた。

「魚の棲家《すみか》だよ」

と、潜水夫は言った。

物かげを好む魚類にとって、潜水艦の複雑な構造は恰好の棲息場所になっているらしい。

「たくさんの魚が群れているよ。アンコー、メバル、鯛もいる。チヌもよく泳いでいるな。まるで水族館のようだ」

潜水夫は、ことをなげに言った。

白石は、或る光景を思いえがいた。艦が沈没してから、魚類は艦内に物珍しげに入ってゆき、やがて、そこは魚の群れる世界と化した。タコが、入り組んだ機械類の間隙に身をひそませる場所を見出し、海栗《うに》や海綿もいつのまにか艦内に忍び入った。深海特有の体色をもった小魚が集団をつくって移動し、先頭の魚が体をひるがえすと、次々に魚たちは銀色の腹部をひらめかせてゆく。横たわった遺体に、小魚が群れている。口吻が突き立てられ、海は薄白くにごる。やがて、艦内には、白々とした骨がひろがるようになった。フジツボや貝類も計器類や壁にはりついて、艦内は、海底の岩やくぼみと同じように海と同化し、白骨も周囲の色と調和してゆく。人の訪れはないが、そこは海の静寂な墓所なのだ。

艦首部分が浮上すると、かれは、その上にも這い上った。鉄は腐蝕されていて、到る所に穴ができている。艦からは、油や薬液が頭上から照りつける強い陽光の熱をうけて、奇妙な臭いをまき散らしていた。

艦は、陽光を浴びたことによって、海の墓所としての安息をかき乱されてしまっているようにも思えた。深い海底の水温の冷たさからひき離され、暑熱が艦をつつんでいる。艦内をのぞくと、果しなくメタンガスが湧いている。それは、艦全体が腐敗しはじめているようにも感じられた。

かれは、根気よく現場に通い、十日ほどした頃から、自分の体に艦から発散される異臭がしみつきはじめていることを知った。それは母が教えてくれたからで、かれは衣服を毎日とりかえるように命じられた。しかし、異臭は体の奥深く食い入ってしまっているらしく、入浴すると湯まで臭う、と言う。そのため、かれは、家族の中で最後に湯に入らねばならなくなった。

また、潜水艦は、炎熱に熱しきっていたので、家でつくってもらった弁当は、正午までに腐敗していた。やむなくかれは、味つけパンを持って現場に行った。

今日も暑くなる、と、かれは、列車の中から青く澄んだ朝空を見上げながら思った。かれは、布袋の中に手を入れた。SSのフィルム三本と、フラッシュガン十個入りの箱が封をきらずに入れてある。かれは、それらをたしかめると、また眩《まば》ゆい空に眼を向けた。

現場には、他社の者たちよりも早く到着したかった。その日は、かれの待ち兼ねていた日だった。艦の完全浮揚は、終っている。残された作業は、艦首部の浸水していない魚雷発射管室と前部兵員室のハッチをあけることだった。ハッチは第一ハッチ、第二ハッチと二つあるが、どちらをあけるかわからない。その内部には、白骨化した遺体と遺品が水にもおかされずに残されているはずだった。

記者たちの間には、さまざまな臆測が交されていた。閉鎖されたその区画内で、兵員たちは激しい苦悶の末、死をむかえたにちがいない。かれらの間に、なにが起ったか。錯乱状態におちいって想像を絶した光景がくりひろげられている、と予想する若い記者もいたし、遺書をしたため従容《しょうよう》として死をうけいれたにちがいない、という中年の記者もいた。

いずれにしても、その内部には、九年前の区画内でくりひろげられた光景が、そのまま残されているにちがいなかった。

報道陣の取材の焦点は、艦首部の浸水していない区画に集中されていた。それは、「伊号第三十三潜水艦」浮揚作業の結末でもあり頂点でもある、と判断されていた。

列車が、松山駅についた。

かれは、フォームに降りると、伊予鉄の電車に乗った。その車内でも、乗客が顔をしかめてはなれてゆく。かれは、座席に坐って車体の震動に身をゆらせていった。

小さな駅で下車したかれは、三津浜まで歩いた。

艀《はしけ》の発着所に、同じように麦藁帽をかぶった村井記者が待っていた。

「まだ、他社は来ていない」

村井は言うと、腕時計に眼を落した。時計の針は、八時二十分をさしていた。

村井は、すでに五十歳に達していたが、中央紙や地元紙の記者にまじって積極的に記事を本社に送っていた。かれの「伊号第三十三潜水艦」の浮揚に対する関心は強く、記事は他紙のものよりも詳細をきわめていた。村井の顔も、連日陽光にさらされてどす黒く、皮膚も斑になっていた。村井は、海の方をながめている。かれも、その日のくるのを待ちかね、その日の取材をすることに興奮しているようだった。

艀がやってきて、かれらは入江を渡った。そして、いつも送り迎えしてもらう漁船に乗って、三津浜をはなれた。

白石は、眼を細めて空を見上げた。ふと、友人に言われた言葉を思い出して苦笑した。その友人は、かれのことを、よく空を見る男だ、と呆れたように言った。癖になっているのだ、と、かれは思った。かれが空を見上げるのは、晴天の日にかぎられ、それは飛行日和にも通じる。

かれは、戦時中、名古屋の高射砲隊にぞくし、その地区に来襲するアメリカ爆撃機の行動を妨害することにつとめていた。白絹のような飛行機雲を幾筋も曳《ひ》いて、高々度の空を飛んでゆくB29の編隊。それは、晴れた空の眩ゆい凝固物のように輝いていた。高射砲弾は、辛うじて一万メートルほどの上空にしか達しない。高空をゆくB29に命中することは望めないが、それでも砲弾が至近距離に炸裂し、敵機を撃墜させたこともある。

白石は、空を見上げつづけた。その時の習慣で、戦後八年も経過しているのに、好天の日には自然と眼を空に向けてしまうのだ。

かれは、浮揚現場に通うようになってから四回も顔の皮膚がむけたが、それは、しばしば空を見上げるためかも知れない、と思った。戦時中すごした日々の記憶は、今もって自分の内部に根強く残っているらしい。「伊号第三十三潜水艦」の浮揚に、自分でも呆れるような執着心をいだいているのも、そうした過去と無関係ではないにちがいなかった。

四十分ほどして、興居島の御手洗海岸を背景に浮んでいる作業船と、その傍に赤錆びた潜水艦がみえてきて、漁船は作業船に横づけになった。

白石たちは、作業船に上った。

白石は、船上にいる作業員に声をかけた。

「ハッチはあけたかい？」

作業員は、首をふった。

白石と村井が作業船から潜水艦に乗り移って間もなく、漁船がつぎつぎとやってきて、各社の記者がカメラマンとともに作業船に上ってきた。かれらの顔も、一様に緊張でこわばっていた。

白石たちは、潜水艦の上で一時間ほど待った。船体からは熱気が立ち昇っていて、暑熱が体をつつみこんでくる。汗は流れ、アンダーシャツが体にはりついた。白石は、口をつぐんで暑さに堪えていた。

作業員が二人、潜水艦に乗り移ってきた。

「あけるのかい」
記者の一人が声をかけたが、かれらは返事もせず、艦首に近い第一ハッチに近づいていった。白石は、他の記者たちと艦首部の方に近づいた。かれらの間に、緊迫した空気が流れた。白石は、カメラのキャップをはずすと、作業員の動きを見守った。

ハッチは錆びついていて容易には開かないだろうと予測されていたが、二人の作業員が力をこめると、意外にも滑らかに回転しはじめた。白石は、身を乗り出し、カメラを作業員に向けてシャッターをきった。

その時、蒸気のもれるような音が起り、同時にハッチがひらかれた。二人の作業員の口から、短い叫び声がもれた。白石も顔をしかめ、身をひいた。為体の知れぬ強烈な臭気が噴出した。

記者たちは、うろたえたように後へさがった。死臭のようでもあれば、油脂の腐臭のようでもあった。白石は、艦から発散する悪臭とは質の異なった臭いだ、と思った。作業員も、艦首の先端に身をさけて、異臭をふり払うように、しきりに顔をこすっている。第一ハッチの近くには、だれもいなくなった。重苦しい沈黙がひろがった。記者たちの顔はこわばっていた。多くの他殺・自殺死体にふれてきたかれらも、異様な臭気におびえているようにみえた。

白石は、第一ハッチの黒々とひらいた穴を見つめた。臭気が潮風にふかれて薄らいできている。新聞記者としての意識が、かれの胸の中に強烈に湧いてきていた。室内の光景をヘキサノン2.8の自分のカメラのレンズにとらえたかった。

司令塔の近くに、村井が立っていた。

白石は、かれに近づくと、

「中に入って、撮影しましょうか」

と、言った。

村井が、白石の顔を見つめた。かれの眼は、血走っている。

「よせ、危険だ」

村井が、険《けわ》しい表情で首をふった。

村井に反対されたことが、逆に、若い白石の意志を決定させた。なぜかわからぬが、入社してから七年目に、ようやく訪れた機会のように思えた。

「いや、入ってみます。軍隊で死んだと思えばいい。妻子もいないし、チョンガーの身だから」

かれは、自分に言いきかすように言った。遺骨をつめこんだ「伊号第三十三潜水艦」にふれつづけてきたために、かれは、いつの間にか死というものに無感覚になっていたのかも知れなかった。

かれは、カメラと閃光《せんこう》電球を入れた袋を手に、第一ハッチの方に歩き出した。

「どこへ行くんだ」

作業員が、いぶかしそうな声をかけてきた。

「中へ入らせてもらいますよ。写真をとるんだ」

かれは、答えた。

「危ないよ。中にはガスが充満しているんだ。コンプレッサーで換気するから、それまで待て」

作業員は、顔色を変えた。

白石は、それには返事をせず、ハッチの傍にカメラと閃光電球のケースを置き、布袋の中からとり出した懐中電灯を手につかんだ。

かれは、マンホールや井戸の底に悪質なガスがたまっていて入った人間を死亡させる事故がしばしば起ることを知っていた。九年間、深海に沈んだまま密閉されていた艦内には、人を死に誘うガスが充満していることも十分予想した。が、かれは単純に、ガスを吸うことさえしなければ死ぬことはあるまい、とも思った。

作業員は、途惑ったように黙っている。

かれは、深く息をすいこむと、ハッチの中に勢いよく身をすべりこませた。ラッタルは、汚れてはいない。内部は、海水にもそこなわれず清潔であった。

床におりた白石は、横に歩いて懐中電灯を闇の空間に向けた。部屋があった。魚雷発射管室に接した前部兵員室にちがいなかった。

不意に、かれの思考力は失われた。通路の傍に吊りベッドがある。そこにうつ伏せに寝ている男がいる。片腕が、ベッドから垂れていた。懐中電灯の光芒《こうぼう》が、その腕に向けられた。

かれは、かすれた頭の中で、部屋の奥行きをはかっていた。距離は三メートル程度が望ましい。閃光電球の光は、部屋の反射もあるから、絞りは8または11がいい。呼吸が苦しくなった。

かれは、後ずさりするとラッタルを駈け上り、ハッチの外に出た。

かれの指は、荒々しく閃光電球の入ったボール箱を裂いていた。そして、傍におかれたカメラに電球を装着し、絞りを8、距離を三メートルにセットした。さらに、三個の電球を汗に濡れたランニングシャツの中にはさみこんだ。

深く息を吸ったかれは、カメラを首にさげ懐中電灯を手にして、ラッタルをすべりおりた。床を進むと、立ちどまり、腋の下に懐中電灯をはさんだ。

かれは、カメラを静止させてシャッターボタンを押した。電球の光がひらめき、室内は一瞬明るくなった。と同時に、ファインダーに眼を押しあてていたかれは、思わずカメラを落しかけた。ファインダーの中に、思いがけぬ光景が瞬間的に浮き上り、そして消えた。

かれは、ファインダーの中に、多くの男をみた。かれらは、吊りベッドの上にさまざまな姿勢をして横たわっていた。

遺体だ、とかれは薄れかけた意識の中でつぶやいた。呼吸が苦しくなってきている。かれは、素早くアンダーシャツの下から電球をつかみ出して、カメラに取りつけると、レンズの角度を変えて再びシャッターボタンを押した。

かれは、ふり向くとラッタルを駈け上った。膝頭から力がぬけているのを感じた。暑さのためだ、とかれは強い陽光にみちた空を見上げた。

その時になって初めてかれは、室内の光景が想像していたものとは全くちがっていたことを意識した。兵員室には、遺骨が散乱しているはずなのに、男たちは熟睡しているようにベッドに横たわっている。一瞬ひらめいた電球の光の中には、皮膚も筋肉もついているらしい男たちの体が浮び上っていた。

しかし、かれには不思議なことに恐怖も驚きも、それほど強烈に湧いてはいなかった。当然のものをただ撮影したにすぎないのだ、と、ぼんやりと思った。

かれの指先は機敏に動いて、電球を装着し、アンダーシャツの中に電球を一個補充した。今度はロングでとろうと、かれは、距離を調整し、懐中電灯をつかむと、またラッタルをおりた。

かれは、カメラをかまえた。眼の前にベッドから垂れた腕がある。撮影するのには邪魔だった。無造作にその腕をはらった。腕が乾いた音を立てて折れた。

かれの口から、鋭い叫び声がふき出た。激しい恐怖が、かれをおそったが、その直後、自分のとった行為が、かれには理解できなかった。かれは、手をのばすと折れ曲った腕をにぎっていた。浴槽で使うヘチマをきつくにぎりしめたような感触だった。

腕をにぎったことが、かれの気分を落着かせた。というよりは、放心状態におちいっていた。かれは、シャッターボタンを二度おすと、近くに横たわっている男に懐中電灯の光をあてた。男は、生きているようにみえた。皮膚は白く、眼をあけている。ただ大きくひらいた口の中は、朱を流したように鮮やかな赤だった。

男の顔には、激しい苦悶の形相があらわれていた。掌はかたくにぎりしめられ、眼は吊り上っている。白石は、その男の頭髪に不審感をいだいた。旧海軍の水兵はイガグリ頭であるはずなのに、髪が五センチほどの長さに伸びている。顎にも鼻下にも不精髭が散っている。

かれは、男の指をみた。恐怖が体の中をさし貫いた。爪も一センチ近くの長さで突き出ている。男の体に死が訪れても、毛と爪は単独に生きてでもいるように伸びることをやめなかったのか。

白石は、左側のベッドに仰向いている男の頭部に、光をあててみた。その男の頭髪も黒々とのびていて、耳におおいかぶさっていた。鼻の奥に刺すような痛みが激しくなって、涙が流れてきた。かれは、わずかながらも室内の空気を吸っていることに気づいた。

かれは、ラッタルを上ってハッチの外に出た。

まだ閃光電球は、六個残っている。今度は、さらに区画の奥に足をふみ入れて撮影しようと思った。自分の冷静さが不思議だった。思考力は失われているが、手足は自然と動いてくれる。絞りは5.6にセットした。頭をふってみたが、痛くはない。全身が少しだるいようだったが、室内に危険なガスは湧いていないらしい、と思った。

かれは、再びハッチの中にもぐりこみ、兵員室の通路に足をふみ入れた。遺体は苦しみ悶えたためか、例外なく半裸だった。ズボンをぬぎ褌《ふんどし》をつけただけで横たわっている兵もいる。

そのうちにかれは、室内に一種の秩序がたもたれていることに気づいた。通路に横たわっている遺体はなく、かれらは、それが自分のベッドなのか、ベッドに一人ずつ身を横たえている。

かれは、ファインダーをのぞき、赤十字のマークのついた医療箱の下に横たわる遺体をうつした。

ファインダーから眼をはなした白石は、懐中電灯を室内に移動させていった。かれの体が、凍りついたように動かなくなった。生き残っている男がいる、と、一瞬、かれは思った。口中の激しい乾きが意識された。男たちはそれぞれのベッドに横たわっているが、ただ一人例外がいた。男が、立っている。白い臀部がみえた。ひきしまった腿から足首にかけて逞しい線がえがかれている。

生きているのではない、立っている遺体なのだ、と、かれはしきりに自分に言いきかせた。が、遺体が立っていることは奇怪だった。立ったまま硬直しているとは思えなかった。

かれは、意を決して足をふみ出し、白い体に近づいていった。

遺体は、縊死体だった。上方から鉄鎖が垂れ、それが男の首に深く食い入っている。

下半身は露出し、褌がずれて男根が突出していた。足先は、わずかに爪立っている。口をあけ、眼を開いていた。

かれは、頸部を見上げた。九年間、鎖に吊し上げられつづけたためか、首がのびている。足先が床にふれている理由が、かれにも納得できた。

かれは、カメラを縊死体にむけシャッターをきった。閃光に、男の白い裸身が輝いた。

頭がかすんできた。室内の異臭にみちた空気を吸ったからにちがいなかった。よろめくようにハッチから出たかれは、残された電球二個を使うためにまた室内に入った。電球を二度ひらめかせてから、かれは、あらためて遺体の群れに懐中電灯をあててみた。

遺体にかすかな変化が起っていた。白い遺体の皮膚に発疹のような赤い点状のものが湧いている。それも、部屋の入口に近い遺体の皮膚にいちじるしかった。

白石は、その現象をすぐに理解できた。ハッチがひらかれて、外気が徐々に流れこんできている。そのため遺体は外気にふれたものから腐敗をはじめているにちがいなかった。

かれは、ハッチの外に出た。仕事を果したという満足感が、体の中にひろがった。かれはかすんだ眼で、身を寄せ合っている記者たちをながめた。かれらは、顔をこわばらせてこちらを凝視している。

顔見知りのカメラマンが、白石に近づいてきて、

「内部はどうだった」

と、せわしない口調でたずねた。

「説明しても仕様がない。写真をとるならおれが案内してやる」

白石は、抑揚のない声で答え、そのカメラマンに、絞り、シャッター速度、距離を指示すると、ハッチの中に身をすべりこませた。

かれは、床を懐中電灯で照らして誘導すると、

「ここでいい。光を室内に向けたらシャッターをきれ、いいな」

と、声をかけた。

「ＯＫ」

というカメラマンの声に、かれは、室内に懐中電灯をむけた。

カメラマンの口から、叫び声がふき出た。そして、カメラを床に落すと、ハッチを駈け上っていった。

「どうしたんだ、とらないのか」

白石がハッチの外に出て言うと、カメラマンは、手を激しくふった。顔面は蒼白だった。

内部に遺体が冷凍されたように白骨化もせず残っているという話は、たちまち記者たちの間にひろがったが、すぐにはだれも入ろうとはしない。

「おれが入る」

村井記者が、鉛筆とメモを手にハッチの中に消えた。そして、やがて出てきたかれは、深呼吸すると、再び艦内へ入っていった。

村井は、艦内で入念な取材をした。かれは、柱時計が六時十五分をさしてとまっているのを確認した。また、左右両舷上部の帽子掛けに整然と帽子がかけられ、そこに記された氏名もメモした。その結果、室内にいた者が、藤本辰男、中村惣助両上曹、亀尾俊夫、山本正一両一曹、栗光香二曹、奥原新作、水嶋力雄、新見繁男貴、水野昇、林昌夫、奥鹿夫、松本忠夫、石川武夫の各一水であることがあきらかになった。

記者たちは、内部に入った作業員に遺体の状況をきいていた。

「そうだね、総員起シの命令でもかければ、飛び起きそうな感じだな。眠っているみたいだよ」

中年の作業員は、つぶやくように答えた。

村井は、すぐに中国新聞本社へ原稿を送り、それは「イ号潜水艦から13遺体」という見出しのもとに掲載された。が、白石の送った写真は生々しい遺体写真であるという理由で、すべて没になった。

その日、又場は、作業現場についてから、カメラマンと新聞記者が内部に入ったことを耳にして顔色を変えた。密閉された艦内には悪性ガスの充満している可能性が高いし、その内部に入ることは死につながるおそれがある。

しかし、内部に入った作業員の報告では、悪性ガスもないらしいというので、又場はハッチの内部にもぐりこんだ。かれは、作業員のかざす懐中電灯で遺体の姿を確認し、すぐに外に出た。

かれは、頭が重く足がだるくなっているのを感じて、作業船にもどると椅子に崩れるように腰を下ろした。そして、作業班長に、

「危険だから絶対に内部へ入らせてはいかん」

と、命じた。

かれは、気分が苦しいので現場をはなれると三津浜の定宿に帰って横になった。

作業現場では、ただちに第一ハッチからゴムホースを入れて換気にかかり、そして、翌日も一日中換気につとめ七月二十五日に本格的な遺体収容に着手した。

山田作業員らが、まず棺をハッチから内部におろし、一体ずつ遺体を抱きかかえて棺に入れた。遺体の表面は干物のように乾燥していて、抱き上げると肉の細片が剝《は》げ落ちる。若い作業員たちは、恐怖も忘れたように放心した表情で作業をつづけていた。

「死臭はするか」

と、記者たちは声をかけたが、かれらは、

「わからぬ」

と、うつろな眼で答えるだけだった。

艦内で遺体を棺につめると、ロープでせまいハッチから引揚げた。作業員は、しばしば外へ出てきて焼酎を飲み、休息すると、再びハッチの中へ入って行った。

山田作業員は、縊死体の収容を担当した。かれは、大柄な遺体を抱いて持ち上げた。同僚の作業員が、頸部に食いこんだ鎖を外そうとつとめている。

「早くしろ」

仰向いて催促したかれの口中に、かわいた肉片が落ちてきた。

かれは、顔を伏せて持ち上げていたが、鎖がはずれたらしく重量がのしかかってきて、かれは、遺体を抱いたまま壁に体をぶつけた。遺体は、棺に辛うじて納まった。

艦上には、厳粛な空気がひろがっていた。遺体のおさめられた棺の中には花束がつめられた。又場をはじめ作業員たちの眼には、光るものが湧いていた。

前部兵員室に閉じこめられた者たちは、九年ぶりに、生きたままの姿で夏の陽光を浴びている。かれらは、闇の艦内で太陽の光を乞い、空気にふれることをねがったにちがいない。

かれらの苦しみは、想像を絶したものであったはずだ。かれらは、果しなく上昇する気圧と極度な酸素の欠乏に悶えながら死を迎えた。おそらく先任者は、浮上不能の折の最も効果的な方法として、疲労の増加と酸素の消費量を出来るだけ少くするため、ベッドで休息することを命じたのだろう。乗員たちもその命令にしたがって最善の努力をはらい、闇の中を手探りで自分のベッドにたどりつき、そこで絶命したにちがいない。

縊死した水兵は、頑健な体が逆に災いとなって、かれの肉体には、容易に死が訪れなかったのだろう。上官や同僚がすべて死に絶えた後も、かれ一人だけは、生きていた。深海の艦内でただ一人生きつづける孤独感に堪えきれず、自ら鎖を首にまきつけて体を垂れさせたと想像される。

その区画の酸素は、すべて男たちによって吸いつくされた。酸素が絶えたことは、区画内の雑菌の活動も停止させ、さらに、水深六一メートルの海底の低い温度が一層その腐敗作用をさまたげたのだろう。

又場は、ふと遺体が全く別の世界から姿を現わしたように思った。男たちが死亡したのは戦時下で、かれらは戦場へおもむくことしか考えていなかったはずだ。しかし、戦争は八年も前に敗戦という形で終結している。ようやく陽光にふれることのできたかれらは、想像もしていなかった時代に遺体をさらし、途惑っているのではないだろうか。

復員局の係官が二人来ていたが、遺体を眼にすると、愕然としたように口をつぐんだ。かれらの顔には血の色が失われ、すぐに棺の傍からはなれた。そして、又場

に、

「遺体の写真をとってはいけない。遺族にも見せず、荼毘《だび》に付すように」

と、悲痛な表情で言った。

その頃、艦上にならべられた十三個の遺体には、いちじるしい変化が起っていた。遺体は眩《まば》ゆい陽光を浴び、艦の鉄から立ちのぼる熱気につつまれていたが、白い皮膚に湧いていた赤い点状のものが拡大しはじめた。その速度はすさまじく、無数の朱色の虫が這い回るように全身にひろがってゆく。たちまち皮膚は赤い斑紋におおわれた。水分が失われているためか粘液はにじみ出ず、逆に、表皮が肉片とともにはがれ落ちてゆく。

又場は、遺体の変化に狼狽した。水死体の腐敗が急激であることは知っていたが、艦上の遺体の変化は質が異なっていた。死臭もそれほど激しくなく、そのまま艦上においておくと、肉がすべて崩落してしまうのではないかと思われた。

かれは、海岸に遺体を運んで荼毘を急がせるため、棺の蓋を閉じさせた。

棺が、次々と小舟にのせられてゆく。作業船の上で体を寄せ合っていた遺族たちの群れから、小舟にむかって花束が投じられた。かれらの中からは、悲痛な泣き声がふき出ていた。

……その後、艦内の排水作業は順調に進められ、遺骨、遺品の収容が相ついだ。

まず、二十六日には、機械室と発令所内から山積した遺骨が引揚げられた。それを分類し整理してみると、二十二人の遺体であることが判明した。が、氏名はわからず、一体ずつ木箱におさめられた。

翌七月二十七日午後五時すぎ、電動機室内におりた金永技手が、手すりに防水ゴムテープでつつまれたものがくくりつけられているのを発見した。早速、作業船内で復員局係官立ち会いのもとにひらいてみると、一通の手帳が出てきた。紙は茶色に変色し字も薄れていたが、それは、同室内にいた大久保太郎中尉と浅野上機曹の事故報告をかねた遺書であった。

浅学菲才ノ身ニシテ万全ノ処置ヲ取リ得ズ数多ノ部下ヲ殺ス。申シワケナシ。潜水艦界ノコノ上ナキ発展ヲ祈ル。

急速潜航時整備灯ハ、当直将校ヨク監視スルノ要アリ。訓練ハ確実第一、徒ニ潜航秒時ノ短縮ヲアセルベカラズ。艤装関係不良個所多シ。艤装員ト艦員トノ連絡密ナルヲ要ス。

深度五十四度、後部三〇トン応急線ニテ使用スルモ、速ニ電圧下リ不可能……

(七字不明)……後部兵員室、発令所伝声管ヨリ漏水ス。

圧力大ニシテ遮防シ得ズ。総員M室ニ向ハン。圧縮ポンプ室又浸水アリ、伝声管徐々ニ浸水増ス。水ヲM室ニ入レテ後部兵員室ニ移ランコトヲ考ヘタレド、後部兵員室圧縮ポンプ室防水扉開カズ。後ナホ死ニ至ル迄相当時間アリ。最後マデ努力センノミ。

浸水後五時間、途中圧縮ポンプニテ気圧低下ヲ試ミタルモ電圧下リテキカズ、五時間後気圧サホド高カラズ。今電池ハ電圧殆ド0、圧縮ポンプ後部三〇トンハ五〇V附近ニテモ運転デキタリ、以後不能。

大東亜戦争勝抜ケ。

吾ガ遺言ハコレノミ

海軍中尉　大久保太郎

この遺言中「急速潜航時整備灯ハ、当直将校ヨク監視スルノ要アリ。……徒ニ潜航秒時ノ短縮ヲアセルベカラズ」という記述は、事故原因を暗示しているように思えた。浸水は、給気筒の頭部弁に丸太がはさまっていたことによって起っている。つまり弁が閉鎖されていなかったわけで、すべての弁の閉鎖を告げる整備灯も、点灯しなかったはずである。

少くとも大久保中尉は、当直将校が急速潜航を急ぐあまり、整備灯を確認せず潜航を命じたと判断しているように思えた。また、この事故報告によって、大久保中尉らが、少くとも五時間は生存していたことがあきらかになった。

さらに、上機曹浅野光一のしたためた文字にも、大久保中尉と同じ事故原因の判断がみられる。


昭和十九年六月十三日午前八時四十分急速潜航一直ヨリ始メル。コノ時機関左舷給気筒頭部弁閉鎖確実ナラズ、コレヨリ急速ニ浸水、電動機室ハッチ閉鎖スルモ後部兵員室伝声管ヨリ浸水多シ、アラユル努力ヲスルモ刻々ニ浸水ス。

応急電線ニテ三〇トンヲ起動スルモ浸水量多ク、刻々電動機室浸水増ス。総員電動機室及補機室ニ集ル。前部ヨリ後部ニ至ル伝声管圧縮前接平パッキン不良ノタメコレヨリ漏水多シ。刻々浸水量ハ増スノミ。我レコノトキ管制盤ニヲル。

全進強速ヨリ電流ハイツパイ出スモ、急速ニ六十四米マデ着底スル。タダ急速潜航ヲ主トナサズ、現在ノ乗員ハソノ経験少キモノ多シ、故ニマヅ確実ヲ第一トシテ区長ハソノ状況ヲヨクミテ整備灯ヲ点ズルモノトスベシ。

訓練ニテ死スルハ誠ニ残念ナリ。シカシ、今ハアラユル努力ヲナシタレドモ刻々浸水スルノミ。最後マデガンバル。

帝国海軍ノ発展ヲ祈ル。我死スルトモ悔ユルコトナシ。最後ノ努力スルモ気圧ハ刻々高クナル。

気ガ遠クナル。午後十三時二十分、艤装不良個所多キタメコレヨリ漏水、如何ニ努力セシモソノ甲斐ナシ。

この手帳の発見によって、事故原因は確定的になった。当直将校の処置のあやまりが、事故につながったのである。

さらに、翌二十八日午後三時、同じく電動機室の排水をおこなった結果、水枕の中から遺書を書きとめてある多くの紙片が発見された。

まずノートを破った紙に、その区画の全員の氏名が書きとめられていた。それは、大久保太郎中尉、桑原昇軍医少尉、田尻福秀機曹長、山本春三機曹長、岡島勝典上機曹、藤田喜久雄上機曹、浅野光一上機曹、渡辺幸男上機曹、加藤武一上工曹、平松武雄二衛曹、橋本秀一機曹、山本五次二機曹、西崎忠夫二機曹、三上繁雄機兵長、杉谷清明機兵長、松村邦彦機兵長、伊藤文夫機兵長、鷲塚一夫機兵長、長嶺義安機兵長、岡正春機兵長、布野寅一一機曹、中奥春雄二機曹、羽瀬原信夫一機曹、井上康夫一機曹、井上億一二機曹、中村一松機兵長、平賀次郎二機曹、土取朱一機兵長、奥野肇機兵長、三上正勝機兵長、妹尾市松機兵長の三十一名であった。

この氏名の後に、かれらが艦内でどのように過したかが記述されていた。

一六四五（午後四時四十五分）、大久保分隊士号令ノ下ニ皇居遥拝、君ガ代、万歳三唱。
一七三〇大久保中尉以下三十一名元気旺盛、全部遮水ニ従事セリ。
一八〇〇、総員元気ナリ。総テヲツクシ今ハタダ時機ノ至ルヲ待ツノミ。ダレ一人トシテ淋シキ顔ヲスル者ナク、オ互ニ最後ヲ語リ続ケル。

これによると、事故が発生してから十時間後の午後六時には「総員元気」であったことが察せられる。しかも、大久保中尉統率のもとに整然とした秩序が保たれていたことが判明した。水枕の中には、乗組員たちの簡単な遺書が、それぞれ紙片に刻みつけられて納まっていた。

一機曹　布野寅一

僅か三カ月の結婚生活であつたが、自分は非常に幸せであつた。今後のお前の身のふり方はお父さんの言ふ通り、お前の幸福になる道を進んでくれ。ではさやうなら。

布野三千子殿

機兵長　土取朱一

年老いたる祖母さんやお母様に何一つ孝養ができなかつたのが残念。孝、定、寛、可愛い喜久子よ、よい子になつてくれ。

だんだん呼吸が苦しくなつてきた。後は時間の問題。私は笑つて死につく。

母さんの御多幸を祈る。

二衛曹　平松武雄

小生在世中は女との関係無之。為念。

一機曹　羽瀬原信夫

午後三時すぎ記す。死に直面して何んと落着いたものだ。冗談も飛ぶ、もう総員起しは永久になくなつたね。

母上よ、悲しんではならぬ。それが心配だ。光さん、がんばつたがだめだつた。

妹よ　つひに会へなくなつたね。清く生きて下さい。

気圧が高くなる。息が苦しい。死とはこんなものか。みなさんさよなら。

上機曹　岡島勝典

妻に残す。

我々の生活もこれで終つた。お前には誠に申訳がない。この結婚は早過ぎた。お前は自分で思ふことをやつてくれ。

これらの遺書のほかに「妹よ、おれも元気だといひたいが、もう駄目だ」「みんな騒ぐな、往生せい」などというものもあった。

最後にしたためられたものとしては、煙草の空箱に、

「いよいよ苦しい　二十一時十五分」

という走り書きがあった。沈没後十三時間経過しているわけで、苦悶は一層激しく、間もなく全員死亡したにちがいなかった。

又場は、沈没後三十時間目に呉工廠の潜水夫が、艦外からハンマーでたたいたことを思い出した。艦内からはなんの反応もなかったという報告があったが、その頃には、すでに艦内の乗組員は死に絶えていたのだ。

遺書の類いは、復員局の係官によって丁重に保管されることになった。

艦内は入念に探られて遺骨が集められ、それも一段落ついたので、八月七日午後三時から興居島の水尻浜で、北星船舶の手によって慰霊祭がおこなわれた。

愛媛県知事、松山市長をはじめ関係官庁から係官が出席、遺族多数が参列した。が、死亡した乗組員たちの妻の中には再婚した者も多く、その人たちの姿はみられ

なかった。

遺骨の配分については、復員局係官によって慎重な配慮がはらわれた。前部兵員室で発見された遺体をのぞいては、大半がだれの遺骨か判別できなかった。そのため氏名のわかったもの以外の遺骨は、一緒に焼いて平等に白木の箱に分配された。

その慰霊祭の終了によって、又場の遺族に対する責任はすべて果され、「伊号第三十三潜水艦」は、会社経営の利益の対象になったのだ。

船体の腐蝕も少く、殊に浸水していなかった魚雷発射管室は貴重で、艦を視察した商社との引取り価格の調整がおこなわれた。

その結果、約三千五百万円で取引きが成立、又場は、艦の解体工事をおこなう広島県因島《いんのしま》市の日立造船ドックまで曳航することになった。かれは、引揚げ作業によって予期通りの利益を手中にすることができたのだ。

翌々日、又場は、「伊号第三十三潜水艦」に「大鳥丸」からのワイヤーをとりつけた。「大鳥丸」のエンジンが始動すると、艦は徐々に動き出した。

瀬戸内海は、真夏の陽光を浴びてまばゆく輝いていた。

「伊号第三十三潜水艦」は、静かにひかれてゆく。その艦橋から突き出た潜望鏡のレンズが、錆びた船体とは不調和な明るい輝きを放っていた。

その日、艦は因島市につき、日立造船ドックに繋留された。

「伊号第三十三潜水艦」は原型をとどめていたので、造船業界の注目を集めた。韓国海軍から買受け希望があるというニュースなどもあって、浦賀ドック、川崎重工、三菱電機、日立製作所、播磨造船などから商社に注文が殺到した。

殊に、浦賀ドックの希望は強く、同社潜水艦企画室に託して潜水艦研究の資としようとしていた。

しかし、業界には、一社に独占させることは不適当であるという声がたかまり、造船工業会もそれに同調した。そのため、「伊号第三十三潜水艦」は、分断して各社で引きとることに決定した。潜望鏡は日本光学、発令所は川崎造船、什器類は三菱電機、一四センチ主砲は日本製鋼所などが商社と仮契約を結んだ。

これに対して、浦賀ドック潜水艦企画室では、分断される以前に艦の調査を希望した。中でも浸水をまぬがれた魚雷発射管室には、深い関心をいだいていた。企画室には、元海軍技術大佐生野勝郎、同少佐西原虎夫、同吉武明の三名の潜水艦設計の専門家がいた。かれらは、会社の出張で八月十二日、横須賀から日立造船におもむいた。

生野たちは、魚雷発射管室に入って調査することを申し出たが、現場主任は、ガスが内部にたまっているかも知れぬという理由で同意しなかった。

しかし、生野たちは、その区画から遺体搬出作業も積極的におこなわれたことでもあり、危険はないと判断した。そして、午前十時二十分頃、生野が第一ハッチをあけて中へ入っていったが、突然、倒れた。それを眼にした西原がラッタルをつたって降りていったが、西原も倒れ、それを救おうと駈け下りた吉武も、折り重なって昏倒した。いつの間にか炎熱につつまれたその区画内には、濃厚なメタンガスが発生していて、三名の技師の生命を瞬間的に奪ってしまったのである。

収容されたかれらの遺体は、その夜、日立病院から因島市土生町の善行寺に移され、安置された。ハッチは、再びかたく閉鎖された。

生野たちの葬儀がおこなわれてから五日後の八月十八日、「伊号第三十三潜水艦」は、日立造船因島工場ドックに引き入れられ、ドック内の水を排出し、その全容をあらわにした。

本格的な解体作業が、大本組の手によって開始された。

暑熱がやわらいで、秋風が立つようになった。遺体は六十一体発見されていたが、「伊号第三十三潜水艦」は、なおもさまざまな部分に遺骨をひそませていた。

九月上旬には、解体の進んだ艦内から十八体の遺骨が姿をあらわし、多くの遺品も収容された。その後も遺骨は一体、二体とつづいて、十月八日には、氏名不詳の真黒な遺骨五体が後部補機室から出た。さらに、翌々日の十日に一体、十一日午前中に一体、午後になって四体が発見された。

「伊号第三十三潜水艦」は、果しなく遺体を生み出す構築物のように思えたが、その日の五体を最後に、遺骨は絶えた。

艦橋が撤去され、潜望鏡も引きぬかれた。外板《がいはん》がはがされると、「伊号第三十三潜水艦」は巨大な魚の化石のように内殻と肋材だけになった。が、それも次々とりはずされてクレーンで巻き上げられ、やがて、ドック内に艦の姿は消えた。

私は、小西愛明氏とともに死をまぬがれた元海軍一曹岡田賢一氏が名古屋市にいることを知って、氏の家を訪れた。

氏は、空缶業を営んでいた。かなり広い敷地に、作業場と住居が建っている。住居に通じる路には、光った石油缶が山積みされていた。

格子戸をあけると、手伝いの人らしい婦人が、作業場の方へ声をかけた。出てきたのは、働いていたらしいゴムの前掛けにゴム長靴をはいた氏の夫人だった。

私が応接室で待っていると、頭髪の薄い体の大きな人が入ってきた。岡田氏であった。

氏は、丁重な言葉遣いをする温和な感じのする人だった。苦痛にたえながら艦内から脱出し生きぬいた人とは思えなかった。しかし、話をきいているうちに、氏が小西愛明氏と同じように強靭《きょうじん》な神経をもっている人であることがわかってきた。と同時に、氏が今もって生き残ったことを戦友たちに羞じているらしいことにも気づいた。

「伊号第三十三潜水艦」の浮揚作業が開始されるという新聞記事が出たころ、岡田氏は三津浜にいて、早速、呉市の北星船舶を訪れた。そして、浮揚時期をたずねたが、その折も、氏は生存者であることを口にしなかった。遺族の手前もあって、新聞に書き立てられることをおそれたからだったという。

しかし、盲腸で入院中、中国新聞の記者の訪問を受けて、生存者であることがあきらかにされ、退院後、作業現場におもむいた。かれは、艦の完全浮揚まで現地にふみとどまりたかったが、浮揚の見込みがたたず、所用も重なっていたので名古屋に帰った。その間に、艦は浮揚した。前部兵員室から生きたままの姿で十三名の遺体が発見された時も、岡田氏は現場にいない。

「立ち会った方がよかったのか、いなかった方がよかったのか、私にはわかりません。同じ水雷科ですから、一人一人よく知っているのです。その姿を実際に眼にしたら、私もどうしたか」

氏の眼に、光るものが湧いた。

私には、氏の言葉の意味が素直に納得できた。その区画内では、九年前の沈没時から時間が完全に停止していた。深い静寂の中で、遺体は、年齢を重ねることもなく九年間という時間をすごし、その間に生き残った氏は、確実に時間の流れの中に身を置いていた。

　もしも、氏が遺体を引揚げた場に居合わせていたとしたら、氏の眼にする遺体は、九年前の戦友の姿なのである。九歳年をとった氏は、時間が激しい勢いで逆行するのを感じたにちがいない。その奇怪な時間の乱れに、氏が堪えきれたかどうか。戦友の死に対する激しい悲嘆もくわわって、氏が錯乱しなかったとは保証できない。「立ち会わなかった方がよかったのか」という言葉には、氏のそうした恐れがにじみ出ているように思えた。

　氏は、新聞記者から兵員室に横たわる戦友の遺体写真を見せてもらった時、涙が出て仕方がなかったという。

「殊にその記者から、総員起シをかけたら全員はね起きそうだ、と現場で言っているということをきいた時は……」

　氏は、そこまで言うと、顔を伏せた。

　昭和四十一年六月十四日、岡田氏は、小西愛明氏と協力して遺族を招き、興居島御手洗海岸で盛大な慰霊祭をおこない、さらに、沈没海面で花束を投じた。また、「伊号第三十三潜水艦・遭難記録」という手記をガリ版刷りで作成し、遺族たちに配布した。氏は、戦友の霊を慰めるために生きつづけているのだ。

氏の夫人がみせてくれた遺族からの手紙は、おびただしい量だった。氏は、夫人とともに必ず返事を出しているという。

氏が、車で名古屋駅まで送ってくれることになった。作業場では、古い石油缶を苛性ソーダで洗い、新品同様にして売る。暖房のいる季節になっているので、氏は多忙のようだった。

車が走り出してから、私は、一つの質問をすることをためらっていた。それは前部兵員室で縊死したまま立っていた遺体のことであった。

下腹部に突出がみられた理由については、三人の脳の専門医にきいてみたが明確な答は得られなかった。やむなく、法医学者古畑種基氏にきいてみると、縊死した折にはしばしばみられる生理現象だという。が、古畑氏にも、その医学的根拠が判らぬようだった。いずれにしても、その兵の肉体の一部は、硬直したまま九年間という歳月を過したのだ。遺体写真を撮影したカメラマンの白石鬼太郎氏は、その縊死体を「腹部のふくらみを取りのぞいた相撲取りのような偉丈夫」と表現した。

私の胸に、いつの間にか一人の人間像が形づくられていた。眼光炯々《けいけい》とした一人の若い水兵。筋肉質のひきしまった逞しい体軀。かれは、物に動じぬ強靭な神経をもっている。

私は、ハンドルをにぎる岡田氏にその水兵の日常をききたかった。自分の胸にえがく想像をたしかめてみたかった。が、それが遺体であり、しかも下半身を露出したものだけに問うことがためらわれた。

二十分ほどして、車は名古屋駅についた。氏は、新幹線のフォームまで送ると言って車から降りた。

私は、改札口をぬけてから、思いきって、縊死体の人を知っているか、とたずねた。

氏は、少し考えてから、はっきりとした口調で水長の階級にあった或る男の姓を口にした。写真でみたかぎり、その兵以外には考えられぬという。

私は、

「想像ですが、その方は意志の強い人だったのでしょうね」

と、たずねた。

氏は、また少し考えるように頭をかしげてから、

「そういう表現よりも、ひどく朗らかな兵でした。気のいい、いつも微笑しているような大人しい兵でしたよ」

私は、口をつぐんだ。鋭い眼をした水兵の顔は消えて、大きな体をした善良そうな笑みをふくんだ若い男の顔が、浮び上った。

新幹線の列車が、ゆるやかにフォームにすべりこんできた。

私は、礼を言って車内に入った。岡田氏は、フォームに立って見送っている。やがて、列車が動き出すと、頭をさげている岡田氏の体が後方へ消えていった。

私は、シートに腰を下した。

車窓にはネオンの色がひろがり、列車はその中を次第に速度をあげてゆく。私の眼前には、微笑をたたえる水兵の顔がうかびつづけていた。

文庫版のためのあとがき

吉村　昭

　太平洋戦争には、世に知られぬ劇的な出来事が数多く実在した。戦域は広大であったが、ここにおさめた五つの短篇は、日本領土内にいた人々が接した戦争を主題としたもので、私は正確を期するため力の及ぶ範囲内で取材をし、書き上げた。

　あらためてこれらの短篇を読み返してみると、訪れた土地の情景や証言をしてくれた人々の顔、声がよみがえってくる。それらの人の中には現在、故人になった人も多い。

「海の柩」は、将兵多数をのせた一隻の輸送船が北海道西岸近くの海上でアメリカの潜水艦の雷撃をうけて沈没、その折、救命ボートに将校のみが乗り、兵は海上に残されて多くの者が死亡したという出来事を主題にした。私は、知人の紹介でその中の将校の一人に会い、証言を得た。そして、その事実をたしかめるため、船の沈没海面に近い小漁村を訪れ、老いた漁師に会った。漁師は、憲兵に口どめされているからと言って黙したままだった。かれは、戦後二十年もたっているのに、依然として戦時に身を置いていたのだ。やがて、かれは、炉の火を見つめながら口を開いた。口ごもりがちであったかれは、話すにつれて言葉の流れ出るのを押えきれぬように手ぶりをまじえて話を進め、眼に浮んでいた憤りの色が次第に濃くなり、涙もにじみ出た。その折のことが、今でも鮮やかな記憶になって残っている。

「手首の記憶」は、戦史をもとにした私の小説の中では、異例のものと言える。それは、事件の体験者である当時の看護婦であった女性に、私がだれ一人として会っていないからである。彼女たちが、どこに住んでいたかは知っていた。が、私は敢えて会うことをしなかった、と言うよりは会うのが辛かったのである。戦史小説を書く人間としては失格だろうが、この短篇を読んでくれた読者は、その理由を幾分でも理解してくれると思う。

「鳥の浜」で扱われた事件は、北海道旅行中に耳にした。私は、現地の増毛町大別苅を訪れたが、眼に異様とも思える鳥の群が映った。住民にきくと、終戦時にはさらに多くの鳥がいたという。その群れ飛ぶ光景に、私の執筆意欲はつのった。

「剃刀」は、沖縄戦に兵士として参加した一中学生を主人公とした長篇小説の副産物として生まれた短篇である。老いた理髪師の眼に映じた戦闘とその終結に、私は沖縄戦の一面を見た。

「総員起シ」は、作品の冒頭に記したように六葉の写真を眼にしたことが、執筆のきっかけになった。それらの写真は、中国新聞社の記者白石鬼太郎氏の撮影したものであったが、余りにも生々しいという理由で、新聞に掲載されなかった。私は、白石氏をはじめ関係者の証言をきいてまわった。人づてに聞いたが、白石氏は数年前に交通事故で世を去られたという。

昭和五十五年夏

編集部より

本書に収録した作品のなかには、差別的表現あるいは差別的表現ととられかねない箇所が含まれています。が、著者は既に故人であり、作品が時代的な背景を踏まえていること、作品自体は差別を助長するようなものではないことなどに鑑み、原文のままとしました。明らかな誤植等につきましては、著作権者の了解のもと、改稿いたしました。

初出

「海 の 柩」別冊文藝春秋第一一二号

「鳥 の 浜」別冊文藝春秋第一一七号

「総員起シ」別冊文藝春秋第一一五号

以上は単行本「総員起シ」として、一九七二年一月、小社より刊行された。

「吉村昭自選作品集」第三巻、第四巻（一九九〇、九一年　新潮社刊）を参考にした。

「剃　　刀」オール讀物昭和四十六年三月号

「手首の記憶」小説新潮昭和四十七年一月号

以上は単行本「下弦の月」に収録され、一九七三年二月、毎日新聞社より刊行された。

この本は、一九八〇年十二月に刊行された文庫の新装版です。

ＤＴＰ制作　ジェイ エスキューブ

文春文庫

総《そう》員《いん》起《おこ》シ

定価はカバーに
表示してあります

2014年1月10日　新装版第1刷
2024年9月25日　第3刷

著者　吉《よし》村《むら》昭《あきら》
発行者　大沼貴之
発行所　株式会社 文藝春秋

東京都千代田区紀尾井町3-23　〒102-8008
TEL 03・3265・1211㈹
文藝春秋ホームページ https://www.bunshun.co.jp

落丁、乱丁本は、お手数ですが小社製作部宛お送り下さい。送料小社負担でお取替致します。

印刷製本・TOPPANクロレ

Printed in Japan
ISBN978-4-16-790009-0